光文社文庫

文庫書下ろし／傑作時代小説

幽霊のお宝

新・木戸番影始末㈤

喜安幸夫

光　文　社

この作品は光文社文庫のために書下ろされました。

目次

江戸市中略図
日光御成街道
中山道
駒込
白山
日暮里
根岸
東叡山寛永寺
小塚原
新吉原
日本堤
隅田川
寺島村
長命寺
猿若町
竹屋之渡し
小梅村
雑司ケ谷
護国寺
大塚
御薬園
小石川
本郷
不忍池
浅草寺
東本願寺
吾妻橋
源森川
業平橋
雷門
竹町之渡し
傳通院
江戸川
下谷広小路
新堀川
浅草駒形堂
御蔵前通り
御徒町
早稲田村
牛弁天
神田明神
大川
北割下水
牛込
神楽坂
神田川
湯島
昌平橋
外神田
向柳原
御米蔵
石原町
本所
水道橋
表猿楽町
浅草橋
御竹蔵
番町
田安御門
雉子橋御門
一橋御門
筋違橋
柳原土手
内神田
両国橋
南割下水
両国広小路
回向院
亀戸村
神田橋御門
米沢町
二ツ目之橋
三ツ目之橋
市谷
一ツ目之橋
竪川
小伝馬町
大伝馬町
薬研堀
御材木蔵
四谷
常盤橋御門
新大橋
横川
北町奉行所
葺屋町
小名木川
半蔵御門
千代田城
麹町
左門町
忍町
江戸橋
日本橋川
万年橋
深川
西之御丸
南町奉行所
日本橋
数寄屋町
組屋敷
八丁堀
仙台堀
平河町
永代橋
富岡八幡宮
千日坂
赤坂御門
元赤坂町
外桜田御門
虎之御門
新シ橋
京橋
楓川
八丁堀
霊岸島
永田町
木挽町
幸橋
西本願寺
木場
越中島
石川島
洲崎
溜池
佃島
愛宕下
土橋
汐留橋
氷川明神
芝口橋
新下谷町
青山原宿町
東海道
神谷町
増上寺
濱御殿
六本木
中之橋
赤羽橋
飯倉片町
金杉川
麻布村
下渋谷村
善福寺
一ノ橋
二ノ橋
将監橋
金杉橋
江戸湊
麻布広尾町
古川町
三田町
三ノ橋
天現寺
薩州蔵屋敷
渋谷広尾町
古川
四ノ橋
麻布
泉岳寺
泉岳寺門前町
袖ケ浦
白金
目黒川
御殿山
次頁拡大図
下目黒村
品川北
大崎村
桐ヶ谷
品川南
北
東
南
西

泉岳寺周辺略図
古川町
古川
永松町
豊岡町
功運寺
通新町
横新町
芝田町
薩州蔵屋敷
元札辻
東海道
黒鍬組屋敷
魚籃坂
三田八幡神社
三田北代地町
魚籃観音
大円寺
三田台町
伊皿子台町
伊皿子坂
細川越中守屋敷
大御番組
車町横町
高札
下高輪台町
代地樹木谷
長應寺
縄手道
車町
高輪大木戸
三田南代地
泉岳寺
(赤穂四十七士の墓)
泉岳寺門前町
如来寺
木戸番小屋
大仏
太子堂・庚申堂
高輪北町
二本榎町
高輪北横町
袖ケ浦
高野寺
東禅寺
高輪中町
高輪南町
白金猿町
高山稲荷
御用地
品川台町
松平大和守屋敷
品川歩行新宿一丁目
御台場
品川歩行新宿二丁目
猟師町
善福寺
御殿山
品川北本
大崎村
北馬場町
品川橋
目黒川
品川南本
北
東
南
西

豹変

一

陽が西の空にかたむいている。

泉岳寺門前町の木戸番小屋は、きょうも町内の子たちの声で賑わっていた。

「雪が屋根より高う積もるって？」

「どこに家があるか、分からんくなっちまうんか」

「そんなあ。外へ出たら、もうおっ父やおっ母に会えんくなる」

「あははは。そんな日にゃあ手足がかじかんで、誰も外に出たりはせんよ」

杢之助が応えれば、

「よかったあ。ほんと、どうなるかと思うたで」

と、また子たちが返す。

開け放たれた腰高障子からあふれ出る声で、話はいま佳境に入っていると知れる。若いころ飛脚だった杢之助に、町内の子たちに聞かせる諸国話の種は尽きない。

そうした子たちの大将格は、女の子だが門竹庵の十二歳のお静だ。町役総代の姪であり、杢之助とは母親のお絹とともに、小田原から生死を賭けた道中を共にしている。

天保九年（一八三八）文月（七月）に入り、数日を経た、まだ夏の名残がある一日である。

そこが海辺の町であれば、波音がいくらかの涼しさを運んでくる。

通りを行く住人は、子たちの声に顔を木戸番小屋のほうへ向け、頬をゆるめて通り過ぎる。いつも見られる、泉岳寺門前町の光景だ。

泉岳寺の山門前から江戸湾の袖ケ浦の波音に向かい、かなり急な下り坂がひと筋延びている。通りは一丁半（およそ百五十米）ほどで東海道に吸い込まれる。これが泉岳寺門前町の表通りで、寺社の門前町にしては品よく小ぢんまりとまとまっている。

品川宿から江戸への入り口になる高輪大木戸まで、街道は海浜に沿って湾曲しており、町内の子たちにとって海浜に打ち寄せる波間は、いくら叱られてもかっこうの遊び場となる。親たちにとって、子らが杢之助の木戸番小屋にいるのが確認できれば、これほど安心なことはない。

陽が西の山の端にかかろうとしている。泉岳寺門前町の風物詩の一つだが、その時分になると、遊びに来ている子たちの母親かお店の奉公人が、一人また一人と迎えに来る。

この日、陽がかたむくのを待っていたかのように、

「さあ、太平。早う」

と、腰高障子の敷居をまたぐより早く、すり切れ畳の部屋に声を入れたのは、表通りから枝道をいくらか入った地所に、桶屋の暖簾を張る丸打屋のおかみだった。お咲といい、三十がらみの愛想のいい女だ。

太平は五歳で、この日、木戸番小屋にわらじや下駄をならべたなかで、一番幼かった。

十二歳のお静が、仲間内の年長らしく、

「あっ、太平ちゃんのおっ母さん、よかったあ。さ、太平ちゃん、早う」

急かしたのは、太平が最年少だったからではない。

太平と二歳しか違わない筆屋の娘お稲も、

「うちらも」

と、真剣な表情になった。さきほど雪で家の屋根まで見えなくなる話に、〝よかったあ〟と安堵の声を洩らしたのは、このお稲だ。

他の子たちもしきりにうなずいていた。

杢之助が諸国話をするまえ、座は幽霊話で夏場の名残を隅に追いやっていた。一月ばかりまえにも、杢之助はその話を耳にした。番小屋に来る子たちからではない。馬糞集めの二本松の若い衆、嘉助、耕助、蓑助が話していたのだ。竹籠を背負い、挟み棒を手に街道から町々の表通りに路地裏までまわるのだから、町々でそっとささやかれているうわさもよく耳に入る。

それを初めて聞いたとき、杢之助は単なる町場の退屈しのぎの話として聞きながした。嘉助ら三人衆もまた、町場にながれるからかい半分の軽い話として聞き、それをいつものように木戸番小屋で話しただけだった。その後、あらためて幽霊が出たと聞くことはなかった。

それをきょうふたたび、町内の子たちから聞いたのだ。

お静たち年長の手習いが終わるのを待っていたように、子たちはワッと木戸番小屋に駈け込み、

「――聞いた⁉　モクのお爺ちゃん。幽霊、幽霊がまた出たって‼」

年長のお静がその名に似合わず、すり切れ畳に飛び上がるなり言った。

お静は数日とはいえ、小田原から母親のお絹と杢之助に命を護られながら、高輪の泉岳寺まで戻って来たのだ。〝モクのお爺ちゃん〟との呼び方には、肉親とはまた違った親近感と信頼がこもっている。

町内の住人たちは杢之助を〝木戸番さん〟と呼ぶが、子たちはなかばお静に倣い〝木戸のお爺ちゃん〟と呼んでいる。

どの町でも木戸番人は町の雇い人だから、住人たちは〝番太〟とか〝番太郎〟などと小間使いのように呼んでいる。だが、杢之助に対しては違った。これまで杢之助が木戸番人として入った、四ツ谷左門町や両国米沢町でもそうだった。町の住人は〝木戸番さん〟と呼んでいた。それこそ杢之助のまわりのみに見られる、特異な現象だった。

お静の切羽詰まったもの言いから、

「――本当なのか」

杢之助は思わず問い返した。

太平を呼びに来た母親の表情も、真剣そのものだった。

「おっ母ア」

と、太平も落ち着かない。

それらのようすから杢之助は、一度は聞きながしたうわさ話に、ついまともに向かい合ってしまったのだ。

遊び仲間たちに押され、三和土に下りた太平の手をつかみ、

「木戸番さん、いつもほんとにお世話になります」

すり切れ畳の杢之助に一礼し、

「さあ」

お咲は太平の手を敷居の外へ強く引いた。

木戸番小屋はあらためて緊張の空気に包まれた。

その堅さのなかに、筆屋の娘お稲がまた幼い声を入れた。

「ね、ね、白い着物がふわって。あたいらが話してるだけじゃないんだから。ほんとうなんだから」

「ふむ」

杢之助は七歳のお稲の言葉を受け、お咲と太平の親子が去った空間に視線を向け、うなずきを返した。

他の子たちもしきりにうなずきを入れ、

「恐いんです。こんな近くに、ほんとに出るなんて」

お静がまた言う。


表通りからいくらか枝道に入った、桶屋の丸打屋のだだっ広い庭に、

「――白い経帷子がふわっと浮かび、動いていたそうな」

「――死人の額に巻く三角の角帽子よ。丸打屋の栗の木に引っかかっていたそうだぜ」

「――経帷子のホトケが栗の木の下で揺れているのを、古着の行商人が慥と見たそうな」

おとなたちの話を子たちが聞き、それをまた木戸番小屋で早口に話す。

杢之助はそこにさして興味をみせず、聞きながしていた。子たちにすれば、もの足りない思いをしたことだろう。

杢之助は現実重視で、幽霊など信じない。だが、おとなも子たちもそれを話すとき、いやに現実的な語り口調になった。だからかえってそこが、

(みんないってえ、どうしたというんだ)

と、気になっていた。

確かに丸打屋には、小ぢんまりとした家屋にくらべ、不自然なほどに広い庭があり、しかもほとんど手入れされていない。幽霊話にはその環境が、おあつらえ向きかも知れない。というより、実際に行商人や町内の者が、幽霊を思わせる経帷子や三角の角帽子を見ているのだ。話に出る栗の木も、確かにある。

(思い込みから来る、見間違い……)

ではなさそうだ。

うわさの渦中にある丸打屋の女房お咲が、せがれ太平を迎えに来ている。

(いってえ、なにがあったというのでえ)

と、丸打屋の背後に、なにやらうごめいているのを感じざるをえない。

お静やお稲たちもおとなたちから聞く、動く経帷子や栗の木に引っかかっていた角帽子を脳裡に描いたか、母親や奉公人らの迎えに来るのを待つまでもなく、丸打屋の太平のあとを追うように、つぎつぎと木戸番小屋から飛び出た。

「おうおう。みんな、明るいうちにな」

と、杢之助はそれらを見送り、すり切れ畳にあぐらの足を組み替えた。

子たちのいるあいだ耳に入らなかった袖ケ浦の波音が、ことさら大きく聞こえてくる。

（きょうはもう日の入りか。よし、あしたから）

杢之助はその気になった。幽霊話をいつまでも聞きながしていたのでは、町になにやら災いを運び込みそうな不吉な予感を覚えたのだ。思い立てば、まず必要なのは本格的なうわさ集めと、その背景の探索である。杢之助がその気になれば、合力する者にこと欠かない。

深夜になった。

夜まわりの時間だ。

下駄履きで拍子木の紐を首にかけ、提灯を帯に差し、

——チョーン

ひと打ちし、

「火のーよーじん、さっしゃりましょーっ」

門前町の坂道を山門前まで、ゆっくりと歩を踏む。坂の上から左右の枝道をくまなくまわり、海岸の街道まで下りて来る。

表通りの中ほどで枝道にいくらか入った一角に、桶屋の丸打屋は小ぢんまりとした住居兼作業場を構えており、そこが商舗にもなっている。あるじの三五郎や通いの職人が発注者から直接注文を聞いて鑿を当て木槌を振るうのだから、仕事は確実だ。それでいて広い庭は手入れされておらず、灌木の群れとなっている。

「――この庭は？」

と、他人から訊かれることがよくある。

そのたびに亭主の三五郎は応えていた。

「――ここに住まいを構えた先々代が、やがて作業場と商舗を派手に構えてやろうと、引っ越しのときに土地だけ広く確保しましたのじゃ。ところがほれ、いまだに作業場も奉公人の長屋も建っちゃおりやせんわい。わっはっは」

と、手入れの行き届いていない庭を指し、笑いながら返していた。

その屋号が〝丸打屋〟なのは、鑿や槌を打つ意味で〝打〟の字を丸で囲んだ家紋に合わせたものだった。

町内の者は、

「――もう建てなさる用意は、十分に整っていなさろうに」

と、うわさしていた。

実際、誰が見てもそうで、三五郎もお咲もその気になっていた。

そこへ降って湧いたのが、

「――丸打屋さんの地所に、夜な夜な得体の知れないものが……」

とのうわさであり、実際に見たとの話まで出まわりはじめたのだ。

杢之助はその殺風景な庭に向かい、

(幽霊なんざいるもんかね。裏になにかあるに違えねえ)

と、胸中に感じ取り、

――チョーン
拍子木を打った。

丸打屋の家族三人、三五郎とお咲、それにせがれの太平はいま寝床の中でブルルと身を震わせ、その音を聞いているかもしれない。

(頼ってくだせえ。それとも他人にゃ頼れねえわけでもおありなさるか)

杢之助は心中につぶやいた。

(事件にならねばよいのだが)

思えてくるのだ。

二

いずれの木戸も、日の出の明け六ツに開けられる。

だが開け閉めをする木戸番人には、杢之助もそうだが、年寄りが多い。つい寝過ごし、陽光が家々の屋根や往還に射しはじめても、まだ夢のなかにいる木戸番人もいる。八百屋や魚屋、納豆売りにしじみ売りなど、朝の短い時間帯が勝負時の棒手振にとっては、諸人の朝餉の終わらないうちに、一カ所でも多くの町場に触売の声をながしたい。

そんな毎日なのに、最初に足を運んだ町の木戸番人に朝寝坊などされたのでは、その日の売り上げに響いてくる。

「――おーう、木戸番！　お天道さま、もう昇ってなさるぞっ」

「――どうしたあ。早う起きねえかい」

と、棒手振たちが木戸の外から大声で起こすのも、珍しいことではない。そこに気づいた町の住人が走り寄って、

「――すまねえ」

と、木戸番人に代わって木戸を開けることもある。住人にしても、棒手振が来ないことには朝が始まらない。

泉岳寺門前町では、李之助が木戸番小屋に入ってより、日の出前から木戸が開くようになった。自然、近辺の棒手振たちは泉岳寺門前町から商うようになった。李之助の開ける木戸の前には、いつも他の木戸の倍ほどの人数が集まり、日の出前から、

「助かるぜ。ここの木戸はよう」

と、棒手振たちが明るくなったばかりの門前町で、一斉に触売の声を上げることになる。

「おぉう、おう、木戸番さん、ありがてえ。日の出めえに開けてくれてよ」

「おうおう、みんな。きょうも稼いで行きなせえ」

棒手振に返す李之助の皺枯れ声も聞かれる。

きょうもつぎつぎと街道から坂の表通りに入る棒手振たちを迎えたが、李之助の期待する声はなかった。

『門前町の木戸番さんよ、知ってなさるだろう、この町の話さ。夜な夜な幽霊が出るって』

と、それを聞きたかったのだ。

棒手振はいずれも他の町から来ている。その町もいろいろだ。棒手振たちが杢之助に幽霊話の真偽を確かめようとすれば、門前町発祥のうわさがどこまで広まっているか分かる。他の町にも似たような話があるかも知れない。あれば泉岳寺門前町ではそれがなぜ丸打屋に場所が特定されているのか、解明する手がかりになるかも知れない。

だが、泉岳寺門前町の木戸番人に〝門前町の幽霊話〟を持ち出す者はいなかった。最初に杢之助が〝丸打屋に幽霊が……〟と聞いたのは、一月もまえのことである。場所まで特定されておれば、町内では格好の話題になる。近隣の町々に広まってもおかしくはない。

(なぜだ。なぜ広まっていない)

触売の声とともに泉岳寺門前町の坂道を上って行く棒手振たちの背を見ながら、杢之助は思った。〝幽霊〟そのものの話も出ないところから、

(他の町に幽霊は出ていない)

推測できる。

(ますますみょうだ)

出るのは泉岳寺門前町だけで、しかも桶屋の丸打屋に特定されている。

杢之助はそこに、

（やはり、意図的なものが）

ながれているのを感じざるを得なかった。

同時に、

（頼ってくだせえ、この町の木戸番小屋を）

ふたたび思えてきた。

町の通りから触売の声が遠ざかり、朝の喧騒が過ぎると、

「おう、木戸番さん。行ってくらあ」

辻駕籠を担いだまま前棒の権十が木戸番小屋に声を投げると、後棒の助八がつづける。

「きょうは大木戸で客待ちからだ」

これも泉岳寺門前町の毎朝の光景で、番小屋の腰高障子は木戸を開けたときから開け放たれている。

木戸番小屋の横はちょっとした広小路というより空き地で、門前町の駕籠溜りになっている。奥に長屋があり、駕籠舁きたちが住みついており、権十と助八もそこから仕事に出ている。町内では二人の名をとって権助駕籠と呼ばれている。

すり切れ畳の上で二人の声を聞いた杢之助は、

「おうおう、待ちねえ」

と、下駄をつっかけ往還に走り出た。

「頼まれてくんねえ」

街道へ出るところで駕籠は停まった。

「なんでえ。木戸番さんのほうから呼び止めるたあ珍しい」

権十が担ぎ棒を肩に載せたまま首だけふり返らせた。

「おおっ」

と、後棒の助八が足をもつらせる。

杢之助は言った。

「いま近くの町々で、話題になっている話を聞いて来てくんねえか」

「いいともよ。だが、珍しいじゃねえかい。そんなことをあらためて俺たちに頼むなんざ」

権十が応えたのへ、助八がつないだ。

「幽霊じゃねえのかい。門前町のうわさがよそさんにながれていねえか。逆によそさんにも幽霊話が出ていねえか、木戸番さん、それが気になったんじゃねえのかい」

「ま、そういうところだ。よろしく頼まあ」

「なんでえ、そんなことかい。お安いご用だ。さ、行くぜ」

「おう」

二人はふたたび声を合わせ、高輪大木戸のほうへ歩を踏んだ。

高輪大木戸は泉岳寺門前町の通りを街道に出て、北方向へ二丁（およそ二百米（メートル））ほど進んだところにある。大木戸といっても木戸そのものは撤去され、いまは街道の両脇に往時（おうじ）の石垣が残るのみで自由往来になっている。

その石垣の向こう側の広小路に暖簾を張る茶店の脇で、客待ちをしようというのだ。

江戸府内から旅に出る者の見送りは、高輪大木戸までが相場となっている。旅に出る者は大木戸を越えると、片側が袖ケ浦の海浜となって風も潮風になり、いよいよ江戸を出たとの思いになる。

東海道から大木戸に入る旅人は、これまで片側が海だったのが不意に両脇とも家々が立ち並び、ようやく江戸に入ったとの思いになる。

そのいずれにせよ、辻駕籠の需要の多い土地（ところ）だ。町のうわさを拾うにも、絶好の場である。

「おうおう。稼いで来ねえ」

杢之助は遠ざかる二つの背に目を細めた。

人や荷馬の出はじめた街道に向かって大きく息を吸い、木戸番小屋に戻ろうとふり返ったところへ、

「木戸番さんもやはり、あのお話、気になるようですねえ」

華やいだ、若い娘の声だ。向かいの茶店日向亭の奉公人のお千佳だ。

茶店の縁台を往還に出したところだった。ことし十五歳で数年まえから日向亭に住み込んでおり、おもにおもての縁台の接客をしている。死んだ祖父に杢之助が似ているらしく、小太りで普段から愛想がいいが、ことさら杢之助には親しみを感じているようだ。日向亭の女将のお松が生前のお千佳の祖父と面識があり、実際に杢之助と面影が似ていたらしい。

「おう、もう縁台を出したかい。精が出るねえ」

杢之助は足を止め、お千佳のほうへふり返った。泉岳寺には朝の早い参詣人もおり、それらがよく日向亭の往還にまで出した縁台でひと息入れ、それから急な上り坂に歩を踏むのだ。

杢之助は立ったままつづけた。

「まあ、気にならねえと言やあ嘘にならあ。聞きながそうにも、話があまりにも現実的に聞こえるからなあ」

「そのようですねえ。あたしも縁台でうわさ話に気をつけておきましょう。なんだか怖いけど、ほんとうに出るみたい」

「そのようですなあ」

言いながら掲げたばかりの暖簾から出て来たのは、日向亭のあるじ翔右衛門だった。五十路でいかにも商家のあるじといった、物腰も言葉遣いもおっとりとした人物だ。

日向亭は街道で泉岳寺への目印になっており、翔右衛門は泉岳寺門前町の町役の一人となっている。そのお店は街道と門前通りに面しており、門前通り側は泉岳寺門前町だが、街道に面した出入り口のほうは、北どなりの車町になっている。そのため翔右衛門は車町の町役も兼ねており、街道から門前町の町場の運営に、なにかと重宝な存在である。

小田原からお絹とお静を盗賊から護りながら、高輪泉岳寺門前町の門竹庵まで送ったとき、杢之助の尋常ならざる器量を見抜き、町役総代の門竹庵細兵衛に話し、杢之助を門前町の木戸番人にと推挙したのは、日向亭翔右衛門だった。

その翔右衛門が暖簾から出て来て言うのだ。

「私も最初は聞きながしていましたが、幾度も聞いているうちに本当に出ると思えてきましてなあ。それにどのうわさもここ一月ばかりで、急に広まったようですよ」

「幽霊話など、語られているうちにだんだん大きくなるものと思いやすが、みょうでございますなあ」

「そう、みょうなのです。解せません」

「あ、いらっしゃいませ。すぐにお茶を」

翔右衛門と杢之助の話に加わりたそうに、盆を小脇に立っていたお千佳が、暖簾の中に飛び込んだ。中間二人を従えた老武士が、出したばかりの縁台に腰かけたのだ。泉岳寺には武士の参詣人が多い。中間二人は縁台に腰かけた武士の両脇に片膝をついている。相応に身分のある武士だろう。

高禄らしい武士のすぐ前で立ち話などできない。

「旦那さま、番小屋のほうで」

杢之助が手で木戸番小屋を示し、翔右衛門はうなずいた。杢之助が人を自分のすり切れ畳の部屋にいざなうとき、〝むさ苦しいところですが〟くらいは言いそうなものだが、翔右衛門相手にそれは言えない。翔右衛門も泉岳寺門前町の町役であれば、杢之助の入っている木戸番小屋の運営に、出資している一人なのだ。逆に翔右衛門のほうから、

「この畳、いずれなあ」

言いながら上がり込んだ。

木戸番人は町の奉公人である。その番小屋に町役が上がり込むなど、他の町ではおよそ見られない。話があれば、お店の裏手に呼びつければいいのだ。だが、杢之助の入った町では、商家の小僧から旦那にご隠居まで、きわめて自然に木戸番小屋に出入りしている。子たちの出入りも、その一環である。

二人はすり切れ畳の上にあぐらを組み、向かい合った。

三

口火を切ったのは、翔右衛門のほうだった。木戸番小屋にと誘ったのは杢之助だが、それ以上に翔右衛門は杢之助と話したかったようだ。もちろん〝幽霊話〟につ

いてである。

「これまでの丸打屋さんの代々のご主人も三五郎さんに似て、職人気質の実直な人でしてなあ」

と、話す。

それは杢之助も聞いて知っている。

泉岳寺門前町は現在ほど整っておらず、表通りを枝道に一歩入れば、まだ一帯は灌木の生い茂った急な斜面が広がり、普請に不向きな地形であったという。そこへ腕のいい桶職人が入った。住まいも仕事場も一緒で小ぢんまりとしていたが、土地はタダ同然であったことから、

「――将来ここに、高輪を代表するような桶屋を」

と、その気になったそうだ。

初代のことは、すでに日向亭は街道に向け茶店の暖簾を張っていたものの、現在の翔右衛門はまだ生まれておらず、

「――堅実な仕事をしなさるお人」

と、話に聞いているだけだ。

杢之助にすれば、二代目と思っていた三五郎は、実は三代目だった。それだけ丸

打屋は実直に泉岳寺門前町に根付いていることになる。

初代も二代目も職人気質で、やがて仕事を拡大するという目標は忘れたかのように、桶づくりに専念していたようだ。この気風は、いまの町役総代の門竹庵細兵衛と似ているようだ。

その気風は現在の三五郎も、

「――おんなじじゃ。三代そろうて変わりがないわい」

と、古くから丸打屋の近辺に住む者は言っている。

「まっこと、私から見てもそのとおりなのじゃ。職人気質でなあ、商売っ気がまるでない」

「はあ、あのお人が生真面目なのはよう分かりまさあ。したが、なんでそんな話を儂に？」

幽霊話には誰でも興味を持つ。杢之助も翔右衛門が暖簾から出て来たときには、単なる興味程度にしか感じなかった。ところが木戸番小屋でさしで語り合い、翔右衛門は幽霊話よりも丸打屋の来し方を話しだした。

怪訝そうな杢之助の表情に、

「そのことなんですよ」

翔右衛門はかぶせた。幽霊の話は丸打屋のみである。杢之助はそこに疑念を持ったのだが、翔右衛門もいまそれを言っているようだ。

「話の背景には、人の意図的なものがながれている場合もあります」

「いかように」

杢之助は翔右衛門の顔を見つめ、つぎの言葉を待った。

翔右衛門は言う。

「それが解(わか)りませんのじゃ。ともかく気になりましてな。木戸番さんは、一月(ひとつき)まえには聞いてもまったく関心を示さなんだ。私はちょいと拍子抜けしましたわい。ところがここ一両日、不意に興味を持ち始めなさった」

「太平をはじめ、町内のお子たちのおかげでさあ」

「ほう、木戸番さんらしい。まあ、それはともかく、木戸番さんが関心を持ってくれれば、あんたのことじゃ。さっきも声をかけていたように権助駕籠や、よく来なさるながれ大工(だいく)の仙蔵(せんぞう)さんらに、うわさ集めを頼みなさる。この顔触れなら、私らお店者(たなもの)が聞き得ぬうわさも耳にしようかと思いましてな」

「おそらく」

杢之助もその気になっている。

翔右衛門はつづけた。

「それを私の耳にも逐一入れて欲しいのですじゃ。そこから丸打屋さんの背後に何がながれているのか、その手掛かりがつかめるかも知れません。町に大きな災いが降りかかるようなことがあってはなりません。事前に防げるものなら、防がねばならないから」

（おおぉぉぉ）

杢之助は胸中に声を上げた。

目的は同じだった。もちろん翔右衛門は町の町役として町内に事件が起こるなど、できれば事前に防ぎたい。杢之助は町に奉行所の役人が入り、木戸番小屋が詰所になるようなことは、断じて避けねばならない。その違いはあっても、町の平穏を願う気持ちは一つなのだ。

理由はともあれ、翔右衛門は杢之助が木戸番人として心底から町の平穏を願っていることを感じ取っている。だからいま、すり切れ畳に上がって杢之助と向かい合っているのだ。

「遅くなりました」

華やいだ声がそこに入って来た。お千佳だ。二人分の湯呑みと急須を載せた盆を両手で支えている。

「お武家のほかにも縁台にお客さまがおいでなさって」

言いながら盆ごとすり切れ畳に置き、

「ごゆっくり」

と、木戸番小屋を日向亭の一部かのように言い、敷居を外にまたいだ。まさにいま木戸番小屋は、日向亭の簡素なお座敷の一つになっている。腰高障子は開け放したままで、すぐ向かいに縁台があり、お千佳が愛想よく接客している。

往還から、

「あら、日向亭さん。きょうはこちらですか」

「ああ、町の大事な話がありましてなあ」

近所のおかみさんが木戸番小屋に声を入れたのへ、翔右衛門が気さくに応じ、杢之助がうなずいている。実際、これから町がどう係り合うのか分からない、大事な話をしているのだ。

子たちはこの時刻には来ない。来るのはお静たち手習いに通っている一群が、午過ぎに帰って来てからである。

お茶で口を湿らせ、翔右衛門はあらためて杢之助と向かい合った。

「うわさはなぜか、丸打屋さんに限定されています」

「それは儂も感じておりますじゃ」

　杢之助は返す。

　翔右衛門はさらに言う。

「木戸番さんも丸打屋さんのことを、もっと詳しく知っておいたほうがよいでしょう。新たなうわさを聞いたとき、判断の材料になるかも知れませんから」

「…………」

「三五郎さんが三代目であることは、すでに知ってのとおりでしょうが、肝心なのは最近のことですじゃ」

「最近？　幽霊のうわさが立ってからのことですかい」

「そうです。私と町役総代の門竹庵細兵衛さんとで、お節介かと思いましたが、丸打屋さんのためにも町のためにもなると思いましてな。ちょいと働きかけてみましたのじゃ」

「なにをで？」

「聞けば木戸番さんも話に乗りなさろう。丸打屋さんは初代から仕事は丁寧でしてな。本来ならもうとっくに仕事場も住込みの職人や奉公人の寮も本格的な店場も建て、泉岳寺門前町を代表する桶屋になっていても不思議はないはずですじゃ」

「竹細工の門竹庵さんのようにでやすね」

「そう、それです。それを丸打屋さんにも求めましてな。数年前にも一度声を掛けたのですが、門竹庵さんと話し合い、一緒に丸打屋さんに出向き、勧めましたのじゃ」

「なるほど、丸打屋さんの仕事ぶりなら、とっくに広い庭を整地し新たな普請もして、桶屋なら泉岳寺門前町に江戸府内にまで聞こえた丸打屋ありと言われるほどの仕事をしなさらんか……と」

「これは参った。さすがは木戸番さんだ。そのとおりですじゃ」

「あはは、翔右衛門旦那が門竹庵の細兵衛旦那と一緒に丸打屋さんに行かれたと聞きゃあ、およその見当がつきまさあ。日向亭さんは天下の東海道で泉岳寺への目印になり、門竹庵さんは扇子じゃお江戸から品川まで、広く知られていなさる。丸打屋さんをそこまで引き上げよう……と」

「こりゃあますます参った。木戸番さん、私の短い説明から、そこまで先読みしなさるか」

「そりゃあ日向亭さんと、門竹庵さんが、そろって丸打屋さんに行きなすった。用件は誰にだって分かりまさあ。とっくのむかしに丸打屋さんが泉岳寺門前町を代表する桶屋になっていてもおかしくねえたあ、町内で幾度(いくたび)か聞いておりまさあ。儂もそう思いまさあ」

「まあ、それは町全体の願いと言ってもよいほどです。丸打屋さんは町のみんなが言うとおり、欲がなさ過ぎます」

「で、返事はどのように……」

杢之助の問いに、

「あはははは」

翔右衛門は不意に笑いだした。それも愉快そうな笑いだった。

「あっ、その夢、忘れてた、と」

「……ん？」

「つまり、仕事一筋で、余計なことは忘れ、思い出しもしなかった、と」

「えぇぇ！　すりゃあ、あの親方らしい。あはははは」

と、これには杢之助も笑い声を上げ、

「で、それで終わったわけじゃござんせんでしょう」

「もちろん。おかみさんが、亭主がその気になるのをもう何年も待っていたのですと、すっかりその気になりましてな。それから話はとんとん拍子に……」

丸打屋三五郎が先代や先々代の遺した〝夢〟よりも、職人として目前の桶の板削りや箍の締め具合に全神経をそそぐ毎日を十年一日のごとく過ごしてきたのは、周囲の認めるところである。だから〝あっ、その夢、忘れてた〟なのだ。

夢を捨てたわけでも生き方を変えたわけでもなかった。

ことさらお咲はそうだった。その日が来るのを待っていたように、門竹庵細兵衛と日向亭翔右衛門の前で、

「――そうだよ、おまえさん。本来なら丸打屋も、門竹庵さんや日向亭さんのように、泉岳寺門前町に聞こえた桶屋になっていても、ちっともおかしくないはずだわさね」

と、小躍りせんばかりに言った。

初代の丸打屋の夢が、いきなり息を吹き返したのだ。

「そのあとは女房のお咲さんが、なんともてきぱきと動きなさった。これまで内助に徹していたのが信じられぬほどに」

杢之助は、

（それが幽霊のうわさといかな係り合いが……）

首をかしげた。

翔右衛門はそれを察したか、

「まあ、聞きなされ。もっとも、肝心なところになると、私にも門竹庵さんにも分からぬのじゃが」

と、前置きし、話をつづけた。

「知っていなさろう、抱え大工を幾人も持つ仁吾郎さん」

「ああ、あの棟梁。知っておりやす。一度ここにおいでのとき、挨拶させていただきやした」

杢之助は好意を持った口調で応えた。

となり町の車町に一家を構える大工の棟梁で、車町と泉岳寺門前町を中心に近辺の町々の家普請や修繕を請負い、土地に根を張った棟梁だ。ながれ大工の仙蔵もよく、仁吾郎一家の仕事をしている。もちろん屋号はあるが、界隈で〝棟梁〟と言えば車町の仁吾郎を指した。

「ならば、そのお人柄は知っていなさろう」

「むろん。あ、分かりやした。丸打屋のお咲さんが、棟梁に話を持って行きなさった」

「そのとおり」

「で、……？　まだ地ならしさえ始まっておりやせんが」

「そこですじゃ、問題は」

と、翔右衛門はあぐら居のまま、ひと膝まえにすり出た。翔右衛門はそれを杢之助に話し、疑念の背景を探りたいようだ。

つづけた。

「丸打屋さんじゃ十分な貯えもあって、それをお咲さんが差配しなすっていたようだ。車町の棟梁も大喜びで、さっそく右腕の若い大工まで連れて来なさって、奉公人や職人の寮、それに仕事場に商舗場と、丸打屋さんの希望を聞きながら地所を直接自分の足で踏みなさってなあ。そのときは私も門竹庵さんも、請人（保証人）ということで付き合いましたわい」

「それはそれは」

杢之助は感心したように返した。実際に感心している。門竹庵細兵衛も日向亭翔右衛門も、町役として町のいっそうの発展を願っているのだ。

（この町、いい町役さんにいい住人のいなさる、なんと住みいい町か）

聞きながら杢之助は、思いを噛みしめた。

上体を前にかたむけ、問いを入れた。

「ご亭主の三五郎さんは？」

「お咲さんに任せっきりだが、一緒に斜面になった庭を踏みながら、棟梁にいろいろと注文をつけていた」

「ほう」

李之助は返した。

普請どころか、斜面の灌木群の伐採も進んでいない。まったく手がつけられていないのだ。

（なにやら不都合があったに違えねえ）

李之助は思い、問いを入れた。

「なにか困りごとでも」

「ない。三五郎さんもその気になり、夫婦が一丸となりなさっている」

翔右衛門は応える。

（ならば、弊害はなに？）

李之助はつぎの言葉を待った。

翔右衛門は話す。

「なにしろ斜面になった地所です。一軒分ごとに、地ならしをしなければなりません」

それは李之助にも分かる。

「車町の棟梁は幾度も自分の足で丸打屋さんの広い庭を踏みなさって、こまかく図面を引きなさった」

整地の段階から棟梁は、丹念な仕事をしたようだ。それは翔右衛門の話からも見えてくる。

「ところが……」

話はつづいた。

つい最近のことになる。地ならし予定の図面ができた段階で三五郎は蒼ざめ、

「――普請の話は、しばらく考えさせてくだせえ」

などと言い出したというのだ。

李之助が問うまでもなく、

「あれほど前向きだったお咲さんまでが……」

亭主に合わせ、普請の棚上げを言い出したらしいのだ。

それだけではなかった。

数日後には、三代つづいた土地を売り払い、一家そろっていずれかへ引っ越し、知らぬ土地で新たに桶屋をやりたいなどと言い始めたらしい。

「えぇえ！　いってえ⁉」

と、杢之助は驚くよりも混乱した。

五歳のせがれの太平が門竹庵に駈け込み、遊び仲間のお静に泣きながら引っ越しするかも知れないことを告げ、細兵衛を驚かせたという。

「大規模な普請に丸打屋さんが夫婦そろって愚図つき始めたのは、私も三五郎さんから直接聞いて驚いたのですが、引っ越しの話は子供たちの口から聞き、三五郎さんに確かめると本当だったもので、もう仰天しましたわい」

「儂もいま、驚いておりますじゃ」

普請の中止だけでも驚きなのに、いずれかへの引っ越しまで話が急展開しているのだから、まさに驚天動地である。しかも五歳の太平が十二歳のお静に、助けを求めるように話した。そこからまた広まったなど、話は丸打屋の奥で秘かに話し合われていたことを示唆していようか。

背後になにかがながれている。しかもそれは、丸打屋がおもてにはできないなにかであることに、

（間違いねえ）

杢之助は確信し、

「旦那さま、分かりやした。丸打屋さんにいかな理由がありなさるのか、早急に探ってみやしょう」

「ほう、木戸番さん。そうしてくださるか」

翔右衛門はあらためて上体を前にかたむけた。

杢之助は応えた。

「あははは。木戸番人の願いは、町役さんたちと同じでござんすよ。住人になにか隠し事があれば、それが原因で騒ぎが起こらねえかと心配になりまさあ。できれば早いうちに割り出し、穏やかにおさめてえ……と」

「さすが……」

翔右衛門はとっさに返した。

杢之助がさらにつづけようとしたところへ、

「お茶菓子、持って参りました」

と、またお千佳の声が外から入ってきた。

両手で持った盆に、せんべいや焼いたおかきを盛っている。

「ああ、ありがとう。話がちょうど一段落ついたところでな。せっかくの茶菓子、木戸番さんに食べてもらいましょう」

言いながら翔右衛門は実際に腰を浮かせた。

「すまねえなあ、ありがてえぜ。あとでゆっくり食べさせてもらわあ」

杢之助は返した。木戸番小屋にいつも日向亭から、こわれたせんべいや焼き過ぎたあられやおかきなど、お千佳がよく持って来ていた。だがきょうはあるじの翔右衛門に持って来たのだ。焦げたり割れたりしたものではなかった。

それらを盛った盆をすり切れ畳に置き、お千佳はつづけた。

「さっき二本松の嘉助さんたちが、此処の通りを上って行きました。木戸番さん、駕籠屋の権十さんたちに、ほら、あの幽霊のうわさなど拾って来てくれと頼んでいらしたから、嘉助さんたちにも頼まれるかと思い、帰りには日向亭の縁台か番小屋に声をかけてくれるよう話しておきました」

「ほう、それはよう気を利かせてくれた」

言ったのは翔右衛門だった。さらに、

「あの若い三人なら、これだけじゃ足らんだろう」

と、さっきお千佳がすり切れ畳の上に置いた盆に視線を向けた。

この日、まだ朝のうちである。

四

どの町でも湯屋と髪結いと木戸番小屋は、町のうわさの溜り場である。なかでも泉岳寺門前町の木戸番小屋は、杢之助がひとたびその気になれば、二本松の若い三人衆に木戸番奥の権助駕籠の二人が目となり耳となる。高輪の町々、さらに大木戸を入った府内にまでその足と耳は伸びる。

「――えっ。木戸番さんが、なんでやしょう」

「――そりゃあ、あの話ですよ。桶屋の幽霊、幽霊」

「――ほっ、決まりだ。きょうは丸打屋のあたりからまわるぞ」

十五歳のお千佳に声をかけられ、竹籠を背に挟み棒を手に、一番若いお千佳とおなじ十五歳の蓑助が応じ、十六歳の耕助がうなずき、十七歳で兄貴分の嘉助がまとめるように言った。

三人は泉岳寺門前町の通りを入ったところで門竹庵細兵衛に荒稼ぎの悪戯を仕掛けようとし、杢之助に見破られ押さえ込まれたことがある。それが縁で三人の若い衆は木戸番人を恨むどころか、逆に恐れ入り、杢之助の歳に似合わない身のこなしに舌を巻いた。

三人はもとは相州無宿で東海道を江戸にながれ、行き倒れたところを車町の丑蔵に拾われ、街道で馬糞集めを始めた。乾燥すればかまどの燃料としてわずかだが銭になる。それよりも、町の者からも旅の者からも感謝された。これまでどこへ行っても無宿の厄介者だったのが、初めて町々の住人から〝ありがとう〟の声をかけられ、感謝される。これが三人を変え、人宿も兼ねた二本松一家に住みついた。

もうすっかり近辺の住人とは顔なじみである。だからお千佳もこの三人衆が竹籠を背負い、日向亭の前を通れば気軽に声をかけ、時には茶も出している。もちろん権助駕籠の二人と同様、身内扱いで茶代を取ったりはしない。翔右衛門が〝あの若い三人なら〟と、盆に視線を向けたとき、お千佳は割れたせんべいや焦げたあられの盛り合わせの追加を算段していた。

杢之助は三人衆が木戸番小屋に戻って来るのを待った。三人衆なら丸打屋のお咲とも親しく話しているはずだ。近辺に牛糞や馬糞が落ちていないのは、三人衆のおかげなのだ。丸打屋の周辺に聞き込みを入れ、お咲とも立ち話などをして、泉岳寺門前町を一巡すれば、日向亭の縁台に戻って木戸番小屋に声をかけるのは、午時分になろうか。

陽がかたむきかけたころには、権助駕籠が帰って来る。幽霊の話がどこまでどのように広まっているか、およそ分かる。それらのようすも、幽霊話の全体像を把握(はあく)するのに役立とうか。

さらに杢之助が、

(こたびは是非(ぜひ)とも仲間として)

と、期待している人物がいる。

働き盛りの三十路(みそじ)と、当人から聞いている。

ながれ大工の仙蔵だ。

ときおり車町の棟梁から声がかかる。十日切りか二十日切りでお抱え大工になるのだ。当然、棟梁の周辺から丸打屋の話は聞いている。町場でのうわさ集めには、権助駕籠や二本松の若い衆たちより、むろん杢之助よりも熟達している。その身が火付盗賊改(ひつけとうぞくあらため)の密偵とあっては、それもうなずける。棟梁なしの気ままな大工稼業は、その役務を遂行(すいこう)するための世間向けの稼業のようだ。

もちろん仙蔵が、

『へえ、あっしは火盗改(かとうあらため)の密偵をやっておりやして』

などと名乗ったりはしない。

町のうわさ集めに杢之助のいる木戸番小屋に目をつけ、さりげなく顔を見せ、世間話のふうを装い、杢之助の知る町のうわさを聞き出すのだ。木戸番小屋の背後には権助駕籠や二本松の若い衆がいる。話には事欠かない。その訊き方や引き出し方が熟練の域に達しており、相手になんらの疑念も持たせず、聞き込みを進める。その巧みさに杢之助は、

（こやつ、ただ者ではない）

と、直感し、話しながらいろいろと探りを入れた。泉岳寺門前町は江戸府外であり、町奉行所につながる岡っ引などではあり得ない。武家地であろうと寺社地だろうと、縄張に拘束されない、

（火盗改の密偵）

胸中で結論付けたのだ。確かめる術はないが、その見通しは当たっていた。

仙蔵もまた杢之助に、元盗賊とまでは連想しなかったが、

（この爺さん、ただの木戸番じゃねえ）

感じ取っていた。

（公儀隠密？　それとも目付の手先？）

どれもが考えられ、いずれもが当てはまらない。

もちろん双方とも直接質問を相手にぶつけ、逆にみずからの背景を疑われるようなことはしない。ともかく、

（この人物、並みではない）

木戸番小屋に出張って話しておれば、それだけで小気味のいい緊張を感じる。

それは杢之助もおなじだった。仙蔵が木戸番小屋に来て話し込んでいるとき、杢之助もまた小気味のいい緊張感を覚えるのだ。

もとより仙蔵が泉岳寺門前町の木戸番小屋に訪いを入れるのは、杢之助を探りに来るのではない。なんらかの合力を求めて来ているのだ。杢之助もそうした仙蔵を重宝し、頼りにすることがよくある。いまがそうなのだ。

それに仙蔵の所作も言葉遣いも、歳を経った杢之助には長幼の礼をとったものとなっている。それがまた杢之助の気を和ませるのだ。

（来なせえよ、仙蔵どん。得体の知れねえ幽霊話、どんな事件に発展するか分からねえとなりゃあ、火盗改さんも気になるはずだぜ）

すり切れ畳の上で、杢之助は念じている。町は朝の雰囲気が消え、昼間を感じ始めたところである。子たちが走り込んで来るのは、手習い処の終わった午後である。

朝が昼になろうというこの時分、木戸番小屋を訪れる者といえば、町内の住人を訪ねて来た人くらいである。そうした人への道案内も木戸番人の仕事だ。どう応えるかによって、その人の町への印象は決まる。木戸番人には大事な仕事なのだ。

開け放している腰高障子に、人の影が射した。明るい外を背にしているため、顔が影になり誰かとっさには分からない。だが思いが通じたわけでもあるまいが、

「おおう、これは仙蔵どん。そろそろ来るころだと思うておったぜ。座(すわ)んねえ、いや、上がんねえ」

杢之助はすり切れ畳を手で示した。顔がとっさに確認できなくても、腰切半纏(こしきりばんてん)に大工の道具箱を担いでおれば、

(仙蔵どん)

即座に分かる。

「おおう、木戸番さん。思うていてくだすったたあ、ありがてえですぜ」

言いながら道具箱をすり切れ畳の上に置き、横に腰を据えた。

杢之助がさらに上へと手で示したのへ仙蔵は、

「ま、きょうはここで。込み入った話があるときにゃ、じっくり上がらせてもらいまさあ」

と、片方の足をもう一方の膝に載せ、上体を杢之助のほうへねじった。

「ほう、込み入った話があれば、か。あの話、聞いて来なすったな」

杢之助が返したのへ仙蔵は、

「分かりやすかい。なんともみょうな話で、出たのどうのっていうより、裏になにやらありそうな感じで」

さすがは仙蔵で、丸打屋のうわさを聞き、杢之助とおなじことを感じ取り、それを確かめに来たようだ。

(ほう)

と、杢之助は胸中にうなずき、

(仙蔵どんと合力すれば、かなりのものが見えてきそうだぞ)

確信した。

特に仙蔵と話すとき、

(相手の胸の内を引き出すのに一番の得策は、自分の知っていることをすべて披露することと)

と、いつも感じる。それだけ仙蔵が探索については熟達の士であることを、杢之助は認めているのだ。杢之助にとって、仙蔵の裏の顔はそれでもう決まりである。

以前に同じ事件に関心を持ったとき、

「大工仕事で出入りさせてもらっているお武家で、捕物の好きなお人がいやしてねえ」

と語り、火盗改の事件への見方を杢之助に話したことがある。

（――そうかい、それがおめえの裏稼業かい）

杢之助は直感し、遠ざけるよりも逆に、

（――これは使える）

と、頼もしく思ったものである。

だから仙蔵が来たときは、目的が分かっているのだから前置きなど抜きで、単刀直入に話せる。

きょうも杢之助は用件から話した。

「泉岳寺門前の町場に幽霊たあ、おめえさんの出入りさせてもらっているお武家も興味を示していなさろうなあ。捕物好きだという、あのお方さ」

〝あのお方〟とはすなわち、火盗改の与力であろう。

「そういうことで」

仙蔵は火盗改の密偵として来たことを、敢えて否定しない。きわめて自然に〝そういうことで〃と、返した。杢之助相手なら、そのほうが話を進めやすいことを、仙蔵も心得ているのだ。

「まあ、お武家ならどなたも関心がおありなさろうからねえ」

仙蔵はつづけ、

「したが、あっしの聞き及んだところじゃ、出るのは四十七士の幽霊じゃなさそうで。それも町場の丸打屋ってえ桶屋に集中しているような。そうなりゃあなんだかあっしも興味が湧いて来やしてね。あの桶屋にどんな因縁がというより、どんな背景があるのかってね」

「あはは、それでここへ来なすったかい。ちょうどいいや。ここにもそのうわさが入(へえ)りはじめたところだ」

杢之助が言ったところへ、また往還のほうから軽やかな下駄の音とともに、

「木戸番さん、お客さんのようですねえ。お茶を持って来ました」

と、お千佳が三和土に立ち、

「あらあ、いつもの大工さん。ちょうどよござんした。さっきのお盆、役に立ちそうで」

と、目でせんべいやあられを盛った盆を捜(さが)した。すぐそこにあった。

ながれ大工の仙蔵ということで、翔右衛門から何を話しているか見て来いと言われたようだ。

「おう、ちょうどよかった。これも日向亭さんからの差し入れだ」

杢之助はせんべいやおかきの盆を湯呑みの盆の横に引き寄せ、

「幽霊なあ、儂は聞いただけで、まだ見ちゃおらんが……」

と、話をもとの話題に戻した。これでお千佳にも仙蔵の来意が伝わったことだろう。

敷居を外にまたいだお千佳に、

「あ、障子戸はそのままにしておいてくんねえ」

言うと話をつづけ、自分の聞き込んだことはすべて語った。

「さようですかい。出るのがなんで丸打屋なのか。直に当たる以外、方途はなさそうでござんすねえ」

と、さすがは仙蔵で、杢之助がにわかに知ったことは、すでに聞き込んでいたようだ。

「なんで急に普請を取りやめ、引っ越しまで言い出したのか……」

「それぞれに探りを入れ、知り得たことは連絡し合い、早う事の真相を……」

杢之助と仙蔵の思いは一つになった。

実際、仙蔵が予想したとおり、木戸番小屋にはまだ白い経帷子や三角の角帽子の話は出ても、丸打屋の隠された部分に踏み込む話は出なかった。だが、そこへ迫るのに杢之助と仙蔵が、合力を確認しあったのだ。元大盗（だいとう）の副将格と現在の火盗改の密偵が手を組んだだけではない。

木戸番小屋の耳役（みみやく）には、二本松一家の嘉助、耕助、蓑助らがいる。権助駕籠の権十と助八も、むろんそうである。木戸番小屋を中心に、知らず幽霊探索の合力講（ごうりきこう）が出来上がったようなものだ。

丸打屋のせがれ太平と毎日直に接しているお静やお稲など、町内の子たちも頼りになる面々だ。お千佳もそうであれば、日向亭翔右衛門も門竹庵細兵衛もその講の一員といえようか。

もちろん係り合った面々が、幼児から年寄りにいたるまで、〝合力講〟など意識しているわけでも、差配役（さはいやく）がいるわけでもない。いつもの町内での、自然の成り行きなのだ。

五

意識にない合力講が町を覆えば、もう杢之助はうわさ集めのため町場を徘徊する必要はなくなる。すり切れ畳の上にあぐらを組んでおれば、自然とうわさは集まってくるのだ。そのほうが丸打屋から訝られずにすむ。

仙蔵が道具箱を肩に木戸番小屋の敷居を外にまたいでから、杢之助はその態勢に入った。ひたすら待つのだ。

午すこし前だった。お千佳をとおしてだが、朝方杢之助に丸打屋のようすを探るよう頼まれた三人衆が、

「木戸番さん、行って来やしたぜ」

「それがどうもみょうで」

「まえとはまったく逆でさあ」

嘉助に耕助と蓑助の声がつづいた。

乾いた牛糞や馬糞の入った竹籠は、木戸番小屋横の空き地の隅に置き、手ぶらで声をかけている。

丸打屋へ直に当たっていた。三人衆が来るだけで近辺の往還の掃除になる。こんな有難いことはない。ときには庭まで入ってくれる。歓迎しない家はない。以前にも三人衆は丸打屋の雑然とした林のような広い庭に入り、牛馬糞を背の竹籠に集め喜ばれている。

そのときお咲から経帷子や角帽子の一件を、

「――本当なんですよ。あたしゃもう怖くって」

と、聞かされている。

もうわさなどではない。その家のおかみさんから直に聞いたのだ。

三人衆は杢之助に頼まれてもおり、きょうも直接庭に入ろうと声をかけた。喜ばれるはずである。幽霊に足があったとかなかったとか、さらに具体的な話が聞かれるかも知れない。

ところが、

「――もう庭に入らねえでくんねえ。わしらにもわけが分からねえ。このままじゃどんな祟りがあるか……。掃除はありがてえんだが」

と、亭主の三五郎が出て来て、両手を広げて通せん坊までした。

三人衆は驚くとともにいっそう興味を持ち、丸打屋を離れた。

そのことを早く、

（木戸番さんに）

三人は急いで坂道を下って来たのだ。

「まえとは違う？　ともかく、上がんねえ」

李之助はすり切れ畳を手で示した。

往還の縁台に出ていたお千佳が気を利かせた。ちょうど午時分だ。お茶だけでなく、割れたせんべいや焦げ過ぎたあられ、かたちのくずれた餅など、在庫処分のように盆に盛って来た。

「うへーっ、ありがてえ」

一番若い蓑助が声を上げた。

「ともかく木戸番さん、おかしいんだ」

耕助が言ったのへ李之助が返し、

「なにか、これまでなかったことでもあったかい」

兄貴分の嘉助が解説するように話した。

「まえならご亭主の三五郎さんが、俺たちをあの広い雑木林みてえな庭をあちこち案内し、この栗の木の横に経帷子がふわり……などと身振りまでいれて話していたのが、きょうはまるでうわさを打ち消したいようなようすでやして……」

「そうそう。そばにいたおかみさんまでうなずきを入れてやして」

耕助が相槌を入れて言う。

栗の木の前で三五郎が通せん坊をしたのはこのときだったようだ。

一番若い蓑助が、

「まるであっしらを、あの庭から締め出すみてえによ」

怒ったように言った。

「まあ、そうだったの」

と、三和土に立ったまま話を聞いていたお千佳が、往還の縁台に人影の動くのを感じたか、

「あら、いけない」

と、外に飛び出た。

お客の接待を終えれば、翔右衛門にも三人衆の話は伝えられるだろう。

「ふむ」

そのとき翔右衛門はうなずき、

「番小屋に来るお客は、二本松の三人衆もお向かいの駕籠屋も大事にな」

言っていた。

三人衆の丸打屋に関する話はそれだけで、あとは近辺の住人も三人衆と似たような体験をしており、

「――みょうだ」

と、一様に首をかしげているとのことだった。

お千佳があるじの翔右衛門に伝えたあと、杢之助と翔右衛門は往還の縁台でそれを話題にした。二人は順を追って語り、丸打屋が豹変(ひょうへん)したのは、車町の棟梁が地ならしの図面を引いたとき、

「それがきっかけに……？」

「分かりやせん。大がかりな普請は、丸打屋さんが望んだことですぜ」

話は進んだ。棟梁の算段は、栗の木のあたりの土を削り、その土を斜面の下へ運んで一帯の地ならしをするというものだった。

これまでのうわさは、経帷子も角帽子も栗の木を背景に出ている。杢之助と翔右衛門のあいだでも栗の木が話題になったが、その場所に何があるというのか、それ以上に話は発展しなかった。

「分からねえ。こいつはやはり、儂がもう一度丸打屋さんに出張ってみやしょうかい」

「そのときは私も、町役総代の門竹庵さんと一緒に同行しましょうかねえ」

と、話し合ったが、いつ出向くかまでは決めなかった。

ただ二人とも、直接当たってみる必要を痛感していた。

六

午(ひる)が過ぎた。杢之助はすり切れ畳の上にあぐらを組んでいる。一緒に丸打屋に出向く話は、まだ門竹庵にまでは伝わっていないだろう。町内の子たちがワッと押しかけて来るのは、お静たちが手習いから帰って来たこの時分だが、きょうはまだ来ていない。夏場でもあることから、海岸にでも行っていようか。

陽が西の空にかたむきかけ、日の入りにはまだ間がある。杢之助はみずから出張ることなく、なおもすり切れ畳に陣取っている。

(おっ、帰(けえ)ったかい)

杢之助の身が動いた。

「きょうは早めに切り上げて来たい」

「気前のいいお客がつづいてくれてよ」

待っていた声だ。

お千佳に語りかける権十に、助八の声がつながった。

「それは、それは。いまお茶を淹れますから、そこへ」

迎える声から、手で縁台を示すお千佳の姿が目に浮かんだ。

権助駕籠が帰って来たのだ。遠出で酒手をはずんでくれる上客が数人つづいたときは、

「――きょうはこのくれえにするか」

と、ねぐらに帰って来る。

この日はそうした客にめぐまれただけでなく、仕事に出るとき、李之助に頼まれたうわさ集めにも収穫があったようだ。

（ほう、さっそくかい。ありがてえぜ）

李之助は直感し、すり切れ畳から腰を浮かした。

権助駕籠の声は、日向亭の屋内にも聞こえている。

李之助が下駄をつっかけ、腰高障子の敷居をまたいだとき、翔右衛門も暖簾から出て来た。李之助とおなじ期待をしているようだ。

お千佳がまた気を利かし、翔右衛門に、

「お茶は縁台にしましょうか」

「いや、番小屋にしてください。なにか腹の足しになるものも」

「こりゃあ、ありがてえ」

「ちょうど小腹の空いてたところで」

権十と助八は縁台に腰を据えるまでもなく、

「さあさあ、こっちじゃ」

と、手招きする杢之助に応じた。

木戸番小屋のすり切れ畳が一同の座となった。お千佳にすれば、日向亭のお座敷が一つ増えたようなものだ。

お茶をすする音とせんべいをかじる音がする。

杢之助も翔右衛門も、話を急かしたりしない。権十も助八も話したいことがあれば、ひと息ついて話し出すだろう。急かされるよりそのほうが話しやすいことを、杢之助も翔右衛門も年の功で心得ている。

権十と助八も落ち着いている。話したいことがあって番小屋の三和土に飛び込んで来た嘉助ら三人衆と、ようすが異なる。

(収穫があったとみたのは、勘違いだったか)

杢之助の脳裡をよぎった。

権十がポツリと言った。

「こもんじょって、いってえなんなんですかい。それを見りゃあ、お宝の在り処が分かるとか」

「えぇ？」

「なんのこと？」

思いもよらぬ権十からの問いに、杢之助も翔右衛門もつい声を上げた。

毎回のことだが、

「ほれほれ、権よ。おめえの話はいつも端折りすぎて、訊かれたほうは何を訊かれたか分からねえじゃねえか」

おっとりした口調の助八がたしなめるように言い、

「大木戸を入り、札ノ辻でひと休みしているとき、あの近辺のお屋敷の中間さんから聞いたんでやすが、泉岳寺あたりのお寺かその近辺の古くからの家に係り合うかも知れねえ、昔のお宝の在り処を記したこもんじょが出てきたとかで」

話は杢之助と翔右衛門の知りたいことから遠ざかるようだが、幽霊のうわさよりは現実味があるようだ。

聞き手がせっかちなら、

『おいおい、そんな話、聞きてえんじゃねえぞ』

と、話を変えさせようとするだろうが、杢之助も翔右衛門もせっかちではない。

翔右衛門は逆に話に合わせ、

「古文書のことかな。昔の古い書付けをそういうが、お宝の在り処とは、いずれの古文書ですかな。眉唾物のように聞こえなくもないが」

せっかち口調の権十がまた喙を容れるように言った。

「なんでえ。こもんじょたあ、古い書付けのことですかい。そんならあっしも分かりまさあ。百年ほどめえにお上の御用金が高輪で消え、それが隠された場所を記した書付けが泉岳寺か門前町界隈の古い家に係り合って、ともかく近くに大枚のお宝が眠ってるってよ。大木戸の向こうじゃ、えれえ評判ですぜ」

（えっ）

杢之助はドキリとした。御用金が消えた。百年ほどまえ。盗賊か。百年まえなら、お上の御用金を狙う山賊まがいの盗賊がまだいたことを、杢之助も話に聞いて知っている。

（高輪泉岳寺たあ、なんとも身近な！）

そこに杢之助は瞬時、心ノ臓を高鳴らせたのだ。

話はますます丸打屋の幽霊から遠ざかるようだが、

「はっきりしませんが、昔この高輪にそんなことが」

と、翔右衛門はいくらか興味を持ったようだ。

だが、隠し場所を記した古文書がいずれで見つかったのか、御用金そのものが出たのか……はっきりしない。分かるのは、話のすべてが高輪が舞台になっているということだった。

権十がまた話す。

「札ノ辻の中間さんの話じゃ、古文書ってんですかい、その古い書付けが出てきて、あっしらが泉岳寺門前町の駕籠屋なもんで、お宝が掘り出されたのかまだなのか聞いちゃいねえかって、逆に訊かれたって寸法でさあ」

「幽霊が出るってのは俺たちも知っておりやすが、お宝まで眠ってるってのは初耳でさあ。木戸番さんも日向亭の旦那も、聞いちゃいやせんかい」

と、助八も杢之助と翔右衛門に視線を向ける。

二人の視線を受け、杢之助と翔右衛門は顔を見合わせた。

その沈黙の空間を、翔右衛門が誰に言うともなく埋めた。

「ということは、なんらかの騒ぎがあったのは百年まえでも、うわさの立ったのはごく最近ということになりますなあ。それも、きのうかおとといといったような、驚くほど最近の……」

「そのようで。まるで丸打屋さんの普請の取り止めみてえに、突然……」

杢之助がつなぎ、ハッとしたように、ふたたび翔右衛門と顔を見合わせ、互いにうなずきを交わした。勘ぐりようによっては、丸打屋の普請への翻意と百年まえのお宝の話が、偶然の一致としてすまされないほど重なっている。しかも丸打屋には普請の中止だけでなく、引っ越しの話まで持ち上がっている。引っ越しとは見方を変えれば、逃げ出しとも受け取れるのだ。

権助駕籠の持ち帰ったうわさを、すでに丸打屋がいずれかより耳にしていてもおかしくはない。

(まさか二つは係り合っているのか!?)

それが瞬時脳裡をよぎり、杢之助と翔右衛門はまたもや無言のうなずきを交わしたのだ。

だがそれは、推測の域を出ない。

お宝のうわさが泉岳寺門前町や車町にながれ込んで来るまえに、一切の係り合いを明らかにしなければ、騒ぎは現在の泉岳寺門前町を巻き込んだ不穏なものに発展するかも知れない。あるいはすでにうわさがながれ込み、人知れず不穏な動きをしている輩がいるかも知れないのだ。

木戸番人の杢之助と町役の日向亭翔右衛門の交わしたうなずきには、そこまでの警戒心と緊張感が含まれていた。

杢之助と翔右衛門にとっては、百年まえのお宝など初耳だった。

助八が話題を変えるように、新たな問いを入れた。

「なんですかい。丸打屋さんのあの大がかりな普請が、どうかしやしたので？　それに、突然にって？」

権十も助八につづき、杢之助と翔右衛門へ交互に視線をながした。やはり権助駕籠の二人には百年まえの御用金よりも、丸打屋の普請の中止のほうが身近で、かつ初耳だったのだ。

「いやあ、きょう午すこしめえじゃった。ほれ、二本松の三人衆さ、嘉助どんたちが来てなあ……」

と、杢之助は嘉助たちから聞いた話を披露した。

「ええ。そんならあの広い庭、これからも林みてえなままで？　なんとももったいねえ」

「それに引っ越し？　なんでまた」

と、二人は驚いた。

理由は分からない。

杢之助は言う。

「だからよ、それにつながりそうなうわさ、街道にながれていねえか、気をつけていてくんねえ」

「百年まえのお宝より、このほうが拾いやすいだろう」

翔右衛門も言う。

権十と助八はうなずいたが、そろって首をかしげた。初めて聞いた普請のとりやめに引っ越しの話が、自分たちの聞いてきたお宝の在り処を示す古文書の出現と、うまく重なっている。そこに首をひねったあと、権助駕籠の二人はその場でのとっさの勘働きを披露した。やはり埋蔵金の話とくれば、興味を示さないわけにはいかないようだ。

まず権十が真剣な表情になり、

――バリッ

二枚重ねにしたせんべいに音を立て、

「あっしの勘でやすがね、丸打屋の庭は林みてえに広うございんす。そこにお宝が埋まっていた。それを丸打屋が掘り当て、恐くなりやがって引っ越しなどと」

「権よ、早とちりはいけねえよ」

助八がまたたしなめるように言い、

「したが、考えられんことじゃございせんでやしょう」

と、杢之助と翔右衛門に視線を向けた。助八は権十をたしなめながらも、おなじことを想像したようだ。

杢之助と翔右衛門もふたたび無言で顔を見合わせた。

（まずい）

両名の視線は言っていた。

うわさが錯綜すれば、

（それこそ泉岳寺門前町は……、収拾がつかなくなる）

その思いが、両名の脳裡に走ったのだ。

翔右衛門が権十と助八に、やんわりと言った。

「おまえさんたち、うわさは集めても、いま言った思い付きなど、他人に話さぬようにな。丸打屋さんが係り合っているかどうか、まだ分からないのですから」

「そりゃあもう」

助八は応じ、権十もうなずいた。二人とも常にうわさ話に付き合っており、憶測のうわさなど、誰にどんな迷惑が及ぶか知れないことも心得ているのだ。

話に一段落がつき、権十と助八はすり切れ畳から三和土に下りながら、

「百年めえのお宝だ。小判がざっくざく。夢のような話じゃござんせんかい。それが千両たあ、もう気が遠くなりそうでさあ」

「そのころの小判といやあ、元禄小判だぜ。いまの天保小判の倍ぐれえの価値はあるんじゃねえのかい」

元禄小判と天保小判では、金の含有量がかなり異なる。景気のいい話に、二人の声も大きくなっていた。これなら外に聞こえても平気だ。翔右衛門が口封じしたのは、丸打屋が絡んでいるかどうかの憶測である。

七

権十と助八が座を離れ、木戸番小屋はまた杢之助と翔右衛門の二人になった。あ

らためて両名は向かい合うようにあぐらを組みなおした。こんどは無言のうなずきではない。

「驚きやした。降って湧いたような話でやすねえ。百年めえにこの東海道でいずれかの公用のご一行が襲われ、そのときに奪われたお宝が、この界隈に隠されたってえことでやすかい。なんともえれえ話が重なりやしたもんで」

「うーむ。百年まえですか。そうしたこと自体は、あり得た話です。権助駕籠の話、誰の憶測でもありません。実際にあったことと見て、間違いないでしょう」

百年もまえからこの地につづく、日向亭のあるじの見立てである。座には権十と助八の座っていたときよりも、強い緊張の糸が張り巡らされた。

徳川の江戸開府とともに、江戸城に隣接する外桜田(そとさくらだ)あたりに、全国から多くの寺が集まった。ところが幕府の充実とともに外桜田は武家地となり、火災もあって寺院はすべて立ち退きを命じられ、そのうちのいくつかは府内から遠く、大木戸のさらに外の高輪界隈に移った。そのなかに泉岳寺があった。移転にかかる費用も人手もそれぞれに大名家が合力した。そのなかに浅野家(あさのけ)があった。浅野家と泉岳寺に因縁(いんねん)ができたのはこの時であり、二百年もまえの話だ。

そのころの高輪は山間部が海にまで迫り、そこを抜ける東海道は、山賊にも海賊にも気を付けねばならないほど物騒な地だった。いくらかの寺が高輪界隈に開山しても、門前町が形成されることもなく、一帯は辺鄙な地のままだった。

そこへ百三十年まえである。忠臣蔵で知られる大騒動が発生し、かつての因縁から浅野内匠頭と四十七士がこの高輪の泉岳寺に葬られた。俄然、江戸と品川のほぼ中ほどの辺鄙な地にある泉岳寺の名は、全国に知れわたった。

だが、幕府の目を忖度してか、ただちに門前町が形成されることはなかった。参詣には、幕府の目が厳しかったのだ。

とは言っても、武士の鑑となった四十七士の墓所があるお寺だ。騒動より三十年も経れば、急な坂道ひと筋だが、門前町に似たものができはじめた。界隈の街道で公用の一行が山賊まがいの盗賊に襲われ、多額の金品を強奪されたのは、そのころの話になる。海岸で、あるいは樹間で、激しい斬り合いが演じられたことは想像に難くない。

そのときのお宝が、この界隈に眠っている。

それも想像に無理はない。

その所在を記した書付けが、いずれかで見つかったとしても不思議はないだろう。

「やはり、丸打屋さんにまた、直接あたってみる以外、なさそうでやすねえ」

「それも、急がねば。この足でこれから、門竹庵の細兵衛さんのところへ行きましょう。木戸番さんも一緒に」

「へい、望むところで」

杢之助は返し、翔右衛門につづいて腰を上げた。

外はまだ明るい。

お千佳が縁台に出ていた。

盆を小脇に、

「あらら。木戸番さんもご一緒に？」

「ああ。ちょいと門竹庵さんまでな。帰りはいつになるか分かりません。遅うなるようじゃったら、手代に番小屋の留守居を言っておいてください」

町の用事で杢之助が木戸番小屋を留守にするとき、昼間ならお千佳が縁台の接客をしながら番小屋を見ているが、夜なら日向亭の番頭か手代が留守居に入る。ときには権十と助八が一升徳利付きで入ることもある。ともかく木戸番小屋は、町の運営なのだ。

「ああ、それならあっしが」

声は街道のほうからだった。

ながれ大工の仙蔵だ。相変わらず仕事の途中のように、道具箱を担いでいる。

仙蔵はきょう午前に木戸番小屋に来たあと、仕事の御用聞きのふりをして泉岳寺門前町を一巡し、高輪大木戸のあたりにまで足を延ばしていた。

仙蔵も大木戸で百年まえのお宝の話を小耳にはさみ、泉岳寺門前町がのっぴきならぬ事態に陥ろうとしていることを直感し、

（木戸番小屋はこのことを、どこまでつかんでいる？）

気になり、戻って来たのだ。

雲をつかむような話だけでなく、かなり具体的な話もある。

車町の二本松一家にも行き、泉岳寺門前町から帰って来たばかりの三人衆と会った。三人衆は言った。

「――門前町の木戸番さんにも話しやしたがね、あの町の桶屋さ、丸打屋さんでやすが」

「――ええ心変わりをしなさった」

「――そう、まったくわけが分かんねえ」

口々に言った。

（――俺が得た話に、なにやら関連がありそうだ。木戸番さんの話と、詳しく照ら

し合わせてみてえ）

そう思ったのだ。

すると李之助は、日向亭翔右衛門と出かけるところだった。しかも町役総代のところへ……。用件は察しがつく。だからといって、よそ者の大工が付き合うわけにはいかない。

日向亭から見れば仙蔵は、あくまで便利なながれの大工なのだ。日向亭も簡単な修繕仕事など、仙蔵によく頼んでおり、お得意さんの一軒だ。火盗改も優れた密偵を持ったものだ。

「あら、いつもの大工さん。きょうも午前、来てらした」

お千佳はなんの屈託（くったく）もなく返す。

（新たな話を仕入れて来たな）

李之助は直感し、

「これはちょうどいい。なあに、そう長くはならねえ」

と、木戸番小屋を手で示し、

「酒が少々に菓子（かし）は一杯（いっぺえ）あらあ。それをやりながら留守居を頼まれてくれるかい」

「むろんでさあ。かえってありがてえほどで」

仙蔵が応じたのへ、

「これはちょうどようございました。お千佳、番小屋に酒の追加も」

翔右衛門は言い、

「さあ、木戸番さん」

と、杢之助をうながした。翔右衛門にとっては、町の用事であっても日向亭から留守居を出さなくてすむのだ。

「へえ、ごゆっくり」

仙蔵は道具箱を担いだまま、首だけで辞儀(じぎ)をし、二人の背を見送った。

(仙蔵どん。帰(けえ)って来たら、いい話ができるかも知れねえぜ)

杢之助は思いながら、下駄の歩を翔右衛門に合わせた。

なんとも目まぐるしい一日だった。すでに日の入り近くになっているが、門前通りには往来人がけっこう出ている。杢之助の下駄に音がなくても、気にとめる者はいない。まして急な坂道であれば、下駄や草履(ぞうり)はきしむばかりで、上りも下りも往来人の足元から、かかとを引く小気味のいい音は立たない。その意味からも、杢之助はこの泉岳寺門前町を気に入っている。

その町に、いま百年まえの災難が降りかかって来ようとしているのだ。

古文書

一

陽は沈んだ。

部屋の中は灯りが欲しいほどとなっている。

「それじゃ、ごゆっくり」

と、翔右衛門に言われて冷酒の徳利を木戸番小屋に差し入れたお千佳が、手燭の火を消さないように持って来た。油皿の火種だ。

「これはまあ、なにからなにまで済まないねえ」

と、留守居に入っていた大工の仙蔵は、手酌で軽く一献かたむけていた。

お千佳は三和土に立ったまま、

「お三方はもう丸打屋さんで用件に入っておいででしょうねえ。込み入った話で、遅くならなければいいんですけど」

心配げに言う。

〝お三方〟とは木戸番人の杢之助と町役の日向亭翔右衛門、町役総代の門竹庵細兵衛の三人である。お千佳もその三人が、この時分に丸打屋に向かった用件を知っている。

「なあに、遅くなってもいいさ。ともかく隠し事なしに、じっくり話し合ってきて欲しいもんだ」

「でもねえ」

と、お千佳は仙蔵の言葉に不満そうだ。

無理もない。日の入りは、他所を訪うのに最も避けなければならない時間帯だ。客を迎えた家では、女たちがまずドタバタと動かねばならない。そうした女の立ち場からお千佳は言っているようだ。

逆に、そんな時分に他所を訪うのは、それだけ重要な問題があるからということになる。仙蔵はそれを言っているのだ。

（きょう一回目の夜まわりは俺が）

とも仙蔵は思っている。一回目の火の用心の拍子木を町内に打ってまわるのは、宵の五ツ（およそ午後八時）だ。今宵の丸打屋での話し合いは、

（早くとも、その時分までかかるはず）

仙蔵は予測している。以前にも仙蔵は杢之助につき合い、火の用心にまわったことがあり、要領は心得ている。

「ともかく障子戸、閉めておきますね」

外を歩くのにまだ提灯を必要としないが、お千佳は敷居をまたぐと腰高障子を閉めた。すでに日向亭の縁台は片づけられている。

おもてに人の往き来する影は消え、部屋の中は油皿の灯りが目立ちはじめ、聞こえるのも波の音ばかりとなった。

腰高障子に外から提灯の灯りが射し、人の気配が立った。お千佳が腰高障子を閉めてから、まださほどの時間は経っていない。夜まわりどころか、まだ宵の口なのだ。

（早すぎるじゃねえか）

仙蔵は腰を浮かせた。影は二つ、杢之助と翔右衛門だ。障子戸に感じる雰囲気で分かる。

（旦那も一緒なら）

と、仙蔵は障子戸を内から開けようと三和土に下りた。

外から腰高障子が開けられた。

果たして李之助と翔右衛門だった。

二人とも提灯を持たずに出かけたが、いま李之助は丸に〝打〟の字を書き込んだ丸打屋の提灯を手に、翔右衛門の足元を照らしている。二人は予定を変更したのではなく、間違いなく丸打屋に行っていた。門竹庵細兵衛も一緒だったはずだが、帰りは方向が逆なので丸打屋の前で別れたのだろう。

首尾を訊くまでもなく、

「埒(らち)が明(あ)きませなんだわい。まったく、なにゆえ」

李之助よりも翔右衛門が口を開き、さらに仙蔵の表情を見つめ、

「理由(わけ)は木戸番さんに訊きなされ。よろしゅうに」

言うと、

「それじゃ木戸番さん。私はこれで」

敷居の外できびすを返した。

「へえ」

李之助は返し、あらためて翔右衛門の足元を照らし、向かいの日向亭の雨戸まで付き添い、戸を叩いた。待っていたように中からの反応があった。お千佳たち奉公

人は、旦那の帰りを寝ないで待っていたのだ。翔右衛門が木戸番小屋に足を向けたのは、留守居に手代か番頭が入っていないか確かめるためだった。

杢之助は翔右衛門を雨戸の前まで送ると、丸に〝打〟の字の提灯を手にしたまま木戸番小屋に戻って来た。

仙蔵は杢之助を三和土に立ったまま迎え、

「今宵の談判に、実りはかけらもなかったのは察しがつきやすが、翔右衛門旦那があっしに〝よろしゅうに〟たあ、どういうことでござんしょうかい」

「そのことよ。まあ、話そう」

と、提灯の火を吹き消し、手ですり切れ畳を示した。

徳利も湯呑みも菓子類もある。

「ほう。これはちょうどいい」

「へえ。独りでやっておりやした」

と、それらを挟んで二人は向かい合わせにあぐらを組んだ。波の音が絶え間なく聞こえてくる。

「で……？」

「おめえさんの、察しのとおりよ。丸打屋は夫婦そろって口を閉じやがった。儂らが今宵、お店を訪ねたことも迷惑そうになあ」

「そこまで？」

「そうよ。こうなりゃあ権助駕籠や二本松の三人衆をはじめ、町の衆を挙げて丸打屋の周辺を探らにゃなるめえ。そこで翔右衛門旦那と細兵衛旦那に、大工のおめえさんがうわさ集めにことのほか役に立ってくれてると話したのさ。旦那らはうなずいてなさった」

「それで翔右衛門旦那があっしに、〝よろしゅうに〟ですかい」

「細兵衛旦那の分もな」

「ま、よござんしょ。あっしも乗りかかった舟でござんすよ」

「ふふふ。乗りかかったんじゃのうて、もう乗っかっちまってるぜ。だからきょう二度も出張って来て、いまじゃこの町で夜まわりまでしようって気になってたんだろう」

「へへ、図星で。で、丸打屋のようすはいかように。夫婦そろうて豹変てのは、まったく予想外のことでやすが」

「儂もだ。むろん細兵衛旦那も翔右衛門旦那もな」

と、杢之助は三人で丸打屋の玄関の戸を叩いたところから話し始めた。

町役総代の門竹庵細兵衛も、丸打屋夫婦の普請予定の急な中止と引っ越しの話には困惑していた。だから日向亭翔右衛門と木戸番人が、真意を確かめようと一緒に来たとき、

「――参りましょう、さっそく」

と、外を歩くのに提灯をまだ必要としないものの、夕刻の時間帯であったにもかかわらず即座に腰を上げたのだ。

三人とも、丸打屋夫婦はこの訪いに恐縮し、奥の座敷に招き入れてすべてを語ると思っていた。

縁側の雨戸はまだ閉まっていない。杢之助は声を出し玄関を叩いた。

女房のお咲が顔を出し、そこに門竹庵、日向亭、木戸番人の顔がそろっていることに驚き、奥に走った。三人を座敷にいざなうのではなく、亭主の三五郎が玄関に出てきて、

「――な、なんでございやしょう」

と、緊張したようすだった。これには三人のほうが驚いた。そればかりか、玄関口で両手を通せん坊のかたちに広げた。

杢之助の話にながれ大工の仙蔵は、

「玄関で通せん坊？　そりゃあ相手が誰であれ、庭だけじゃのうて、丸打屋そのものの内所（ないしょ）は見せられねえってことですかい」

「そのようだ。細兵衛旦那と翔右衛門旦那は、普請中止の件と引っ越しの話を質（ただ）そうとしなすった」

「玄関口に立ったままで？」

「そう、立ったままだ。奥のほうからお咲さんが玄関口を見守っていたようだが、お茶を出そうともしねえ」

「木戸番さんに対してもそうでやすが、町役さんたちにもそんな応対たあ、もう町に対する絶縁状みてえなもんじゃねえですかい」

「儂もそう感じた」

「で、旦那方の問いに三五郎さんは？」

「はっきりしねえ。ただ、そうしたいだけで……と言うばかりで、もう訊かねえでくだせえとも。さらに通せん坊のかたちにした両手で、帰（けえ）ってくれって仕草まで見せおった。取り付く島もねえたあ、あのことだぜ。それで匆々（そうそう）に戻って来たって寸法さ」

「何が三五郎さんをそんなふうに変えちまった。変わったのは、ここ数日のことですぜ。知りてえ、その何かを。うーむむっ」

言いながら仙蔵は、両手の拳を握り締めた。

杢之助は言った。

「おめえ、その何かの尻尾か影みてえなもの、つかんでいるようだな。それとも、心当たりでもあるのかい」

「へえ。それが本当にいまのこの町の騒ぎの背景かどうか、確かめてえんで。二本松の三人衆から丸打屋のサマ変わりを聞き、いま木戸番さんからも聞き、そこに間違えねえことが確認できやした」

「くどいぜ。おめえの心当たりってのが、本当にこたびの背景なのか、影なのか。そこまでおめえもまだ自信が持てねえってようすだぜ。儂も一緒に考えさせてもらおうじゃねえか。さあ、ながれ大工の仙蔵どん」

杢之助がここでわざわざ〝ながれ大工の〟と二つ名のようにつけ加えたのは、仙蔵を火盗改の密偵と具体的に言わないまでも、

(単なる物好きな大工とだけ見ているわけじゃねえぜ)

と、仙蔵の意識に刷り込むためだった。

仙蔵はそれを感じたか、瞬時全身を強張らせ、言った。

「木戸番さんとおんなじでさあ。木戸番さんも、世間によくある野次馬根性だけじゃござんせんでしょう」

と、こんどは杢之助のほうがビクリとする番だった。

「まあ、な」

返したものの、心ノ臓は高鳴っていた。

両者のあいだに目に見えない緊張感があれば、互いに話す内容も真実味を帯びたものとなってくる。それを杢之助は狙っていた。

二

木戸番小屋での談合はそのままつづき、緊張を帯びたものになっていた。

「大木戸を入った札ノ辻に、浜風ってえ代々つづく人宿のあるのを知っていなさるか」

仙蔵は確かめるように言った。

杢之助は、泉岳寺門前町なら枝道や路地の一本一本、住人の家族構成にいたるまで分かっている。となりの車町にもかなり詳しくなり、高輪大木戸までの街道の住人も、一人ひとり見知っている。

だが、大木戸の内側となれば江戸府内であり、広小路の茶店の茶汲み女の顔を知る程度だ。

札ノ辻は大木戸から東海道を十丁（およそ一粁）ばかり入ったところにあり、その存在は知っている。だが、町のようすまでは知らない。

かつて江戸開府のころ、高輪界隈は漁村があるだけで、江戸湾に面した松林の街道でしかなかった。このとき増上寺に近い田町に、江戸府内と府外の境として大木戸と高札場が設けられた。そこを札ノ辻といった。

だが江戸城は膨らみ、武家地も町場も拡大し、外桜田の泉岳寺が高輪に移ったころ、大木戸は街道を十丁先の高輪に移され、両脇に石垣が組まれて新たな大木戸と高札場が設けられた。それが現在の高輪大木戸だ。田町の札ノ辻は〝元札ノ辻〟と呼ばれたが、土地の住人は〝元〟の語感を嫌い、江戸の町場の一角となったそこを、以前通り〝札ノ辻〟と呼びつづけた。その呼び名が泉岳寺界隈も含め高輪一帯での通称となっている。

「知らねえなあ。大木戸の向こう側はめったに行かねえから。人宿といやあ、車町の二本松と同業かい」

「そういうことさ。そのよしみで、あっしはどちらにも出入りさせてもらっておりやすので。大工仕事だけじゃござんせん。人宿の親方や番頭さんともなりゃあ、町なかのうわさに詳しいからねえ」

「もっともだ」

杢之助は仙蔵の言ったのへ返した。

人宿はおもに街道筋に暖簾を張っている。二本松は街道から離れ、坂道を上ったところにあるが、目印にも屋号にもなっている二本の松は街道からも見え、目立っている。

郷里で喰いつめ、街道をながれて江戸を目前に行き倒れる者は少なくない。そういう喰いつめ者にねぐらを提供し、奉公先を斡旋(あっせん)するのが人宿である。いわば奉公先が決まるまでのねぐらを兼ねた口入屋(くちいれや)である。

二本松の丑蔵(うしぞう)も東海道を車町まで来たところで行き倒れ、人宿ではないが親切な町衆に助けられた一人である。車町で船荷(ふなに)の積み降ろしや府内への荷運び人足をしているうちに、人助けでもないが車町で人宿を開き、荷運び人足たちに小博奕(こばくち)の場まで提供し、町内の評判はよかった。人足たちが江戸府内の賭場(とば)に出入りし、身を持ち崩すのを防いでいるのだ。

丑蔵は名のとおり牛を思わせるほど大柄で、押し出しの利く男だ。若い嘉助らも、三人そろって行き倒れたところを二本松に拾われ、丑蔵に言われ町での牛馬糞集めを始め、そのままそこをねぐらに住みついてしまったのだ。

札ノ辻の浜風は、土地で代々つづく人宿というから、由緒ある暖簾を張っているようだ。

仙蔵はさらに言った。

「午前、番小屋へ来たあと、二本松で三人衆から丸打屋の尋常ならざるを聞き、丑蔵親方からは、札ノ辻の浜風に行きゃあ、得るものがあるかも知れねえ……と聞きやしてね」

「それでおめえ、札ノ辻に足を運んだかい」

「へえ、運びやした」

仙蔵は返し、

「浜風の旦那は猪輔さんといいなすって、二本松の丑蔵親方とおなじ四十がらみの人でやすが、丑蔵親方みてえに大柄でもなきゃ押し出しが利く貫禄でもありやせん。したが、代々つづいた暖簾を守りなすってる。その堅実さをからだ全体に感じる旦那でやして」

「人宿が商家と言えるかどうか知らねえが、手堅い商えのお人ってことかい」

「さようで」

仙蔵は確信した口調で応え、

「その猪輔旦那の話を聞いて驚きやしたぜ」

「どんなふうに、聞こうじゃねえか」

「事前にこの話を聞いておきゃあ、細兵衛旦那も翔右衛門旦那も丸打屋へねじり込むのも、さっき聞いたのと違うものになっていたんじゃねえかと思いやすぜ」

「また、もったいぶった言い方をしやがる。さあ」

李之助は険しい表情になり、さきをうながした。

仙蔵は言う。

「木戸番さんもすでに聞いていなさろう。あっしもやっと聞いて知っているくらいでやすから」

「もう、焦れってえぜ。なにを聞いているってんでえ」

李之助に催促され、仙蔵は湯呑みの冷酒を一気にあおり、

「百年めえの、古文書というほど形式がかったもんじゃござんせんが、つまり書きなぐるように記した書付けでさあ」

「なんだって！　百年めえ？　盗賊がお上の一行をこの界隈で襲い……」

「さようで。警護の武士団に追いつめられ、切羽詰まって奪ったお宝を隠した書付けを遺して全滅したとか、行方知れずになったたってえ話でさあ」

「その書付けが出てきた？　どこに⁉」

油皿の灯芯一本の灯りのなかに、杢之助は仙蔵を見つめて言った。

仙蔵は返した。

「それが、札ノ辻の猪輔旦那は言葉を濁し、はっきりしねえ」

「ふむ」

杢之助はうなずいた。権十と助八も、札ノ辻の武家屋敷の中間から聞いたといって話していた。おなじ内容だ。だがその所在について、堅実だという浜風の猪輔は言葉を濁したという。

書付けの所在が曖昧にされたということは、お宝の在り処を訊いても無駄ということになる。仙蔵は当然、浜風の猪輔に質した。だが書付けの所在以上に、それは曖昧にされたのだ。

仙蔵の話はきょう昼間のことであり、内容そのものは新鮮である。

権十と助八の話にも、あらためて信憑性が感じられてくる。

杢之助は言った。

「さっきおめえ、言ってたなあ」

「なにを？」

「細兵衛旦那と翔右衛門旦那に、この話を事前にしていたなら、丸打屋への攻め口も変わっていたろうって」

「木戸番さん、乗ってくれやすね、この話」

「もちろんだ。これについて、儂になにか注文はあるかい」

「ありまさあ。だから来たんでさあ」

「どんな注文だ」

「この話は早晩、門前町の町場にもながれやしょう。そこに丸打屋がどんな反応を示すか、それを見届けてもらいてえんで」

探索で、仙蔵が杢之助に注文をつけるなど、これまでなかったことだ。

杢之助は権助駕籠の話をし、うわさはすでに門前町に入って来ていることを告げた。

「さようでしたかい。そりゃあ急がねばなりやせん。木戸番さん、あっしに何か注文はありやせんかい」

「大ありだ」

「賜りやしょう」

「この一件、おめえの話からも、札ノ辻の浜風とかが深く絡んでいて、解明への鍵を握っていそうな気がする。浜風とやらへさらに探りを入れ、それを儂にも知らせてくんねえか」

「それ、あっしも思ってやした。さっそくあしたから」

「そうしてくれ。期待しておるぞ。それから……」

「それから、なんでやしょう」

「発端は百年めえだ。そのときの事件さ、実際どうだったのか。知っておれば現在の世に糾明する参考材料にならねえかと思うてなあ。おめえが出入りしている捕物好きのお旗本に当たれば、けっこう詳しく判るんじゃねえかな」

「へへ、それもまた思うておったところでさ。今夜はもう遅うござんすゆえ、これもさっそくあしたから」

「それはありがてえぜ。おっと、すっかり話し込んじまった。火の用心にまわる刻限だ。どうだ、一緒にまわるか」

「それもおもしろいんでやすが、あしたからの大忙しの探索に備え、今宵はこのまま三田寺町のねぐらに帰り、鋭気を養うておきまさあ」

「おう、そうするかい。ともかく頼りにしているからな」

二人は同時に腰を上げた。

「とりあえずあした、話すべき話があろうとなかろうと、一度番小屋へ顔を出しまさあ」

「ああ、待ってるぜ」

と、仙蔵は道具箱を肩に、暗く波音ばかりの街道に出て高輪大木戸のほうへ歩を取り、杢之助は、

――チョーン

拍子木をひと打ちし、

「火のよーじん、さっしゃりましょーっ」

声に出し、門前町の坂道に歩を踏んだ。

杢之助の声までは聞こえないものの、拍子木の音は仙蔵の耳にも響いていた。ふり返った。杢之助の身は門前町の通りで、街道からは提灯の灯りも見えない。打ち寄せる波の音のなかに、仙蔵は念じた。

（幽霊が双方をつなぎとめるかすがいになったかい。あの木戸番さんと緊張を覚え

ながらも、合力を誓い合ったのは初めてだぜ）

そこに仙蔵は、小気味のよさを感じていた。

李之助もおなじだった。

上り坂に歩を踏みながら、胸中につぶやいた。

（仙蔵どんの背景に触れるようなことを、なんだって言ってしまったのだろう。幽霊に背を押されたわけでもあるまいに）

いささか後悔の念を覚える。

また念じた。

（火盗改の密偵さんなら、いくらでも合力すらあ。だがよ、こっちの以前に興味を持ってもらっちゃ困るぜ）

現在の火盗改の頭は土屋長弩という、六百石取りの御先手組筒之頭であることは、李之助も知っている。なかなかの人物であると聞いている。

実際そうだった。火盗改は町奉行所と異なり、御先手組と兼務となる。加えて御先手組とは一旦緩急あれば将軍家の馬前に立つ、幕府軍の実動集団だ。その家臣団があるじに従い、十手をふところに火盗改の与力や同心になっても、火付けや盗賊の探索には素人だ。

だから自然、町奉行所の役人にくらべ、やり方が荒っぽくなる。しかも町奉行所のように、支配地が町場に限定されているのではなく、武家地でも寺社地でも大名家の領内でも踏み込める。

奉行所の役人が町場の住人から慕われもし、頼りにもされているのにくらべ、火盗改は与力も同心もただ恐れられ、蛇蝎のごとく嫌われている。

それに火盗改がお頭から与力、同心に至るまで兼任であれば、一人ひとりがともかく忙しい。だからかも知れない。火盗改の頭の座は、一年か二年で目まぐるしく替わる。これでは一つの事件をじっくりと追うことはできない。

それを補うため、少数だが代々火盗改の任に就いている専従の与力や同心もいる。その与力や同心には町場に放たれた密偵が幾人かついている。町奉行所の同心が使嗾している岡っ引が、これに相当する。

他人には言えない以前を持つ杢之助は、町奉行所と火盗改の役人への見方が、まったく異なる。杢之助は町奉行所の役人なら与力も同心も、そこにつながる岡っ引も、極度に警戒している。

(奉行所にはどんな目利きがいるか知れたものではない)

これが、杢之助の念頭から離れない。

奉行所はいずれもが専属で、十年まえ、二十年まえの事件でも未解決なら、執念深く追い続けている。だからかつて杢之助が副将格を務めた白雲一味も、十数年まえに消滅しているとはいえ、一人もお縄にできなかったことに、いまだに屈辱を感じている与力や同心がいてもおかしくはない。木戸番小屋にいる木戸番人に接触し、

（こやつ⁉）

と、身に染みた臭いを嗅ぎ取る者がいても、決しておかしくない。それが杢之助にとっては恐ろしいのだ。

だが火盗改になれば、頭に仕えるのではなく代々の専属であっても、周囲が一年か二年で目まぐるしく交替していては、ひとつの事件を五年、十年と追い続けることはない。杢之助が白雲一味を消滅させてから、すでに十数年が経つ。

火盗改なら代々の専属であっても、〝白雲一味〟の名を知る者はいないはずだ。そこが杢之助にとっては、この上なくありがたい。だからながれ大工の仙蔵と、心置きなく付き合えるのだ。

三

泉岳寺門前町の木戸が、江戸府内も合わせ一番早く開くとあっては、朝の活気も江戸一番を思わせる。

その喧騒（けんそう）が去り、町が落ち着きを取り戻せば、向かいの日向亭の縁台に、朝の早い参詣人が目立ちはじめる。いま縁台に腰を据えた客は、中間（ちゅうげん）を一人従えた老武士だ。お千佳が華（はな）やいだ声と、きびきびした動作で応対している。

腰高障子を開け放しているから、すり切れ畳の上から日向亭の縁台は真向かいに見える。杢之助が凝（じ）っと見ていても、明るさの加減で外から中は暗くて見えない。

茶をすすりながら、老武士がお千佳になにやら訊いたようだ。お千佳は両手を前に垂（た）らし、幽霊の仕草を示した。笑っていない。老武士は丸打屋の幽霊の話をお千佳に訊き、

「本当なんですよう」

お千佳は返したようだ。

そのようすは、泉岳寺門前町の現在（いま）のようすを象徴（しょうちょう）していようか。お宝が町内

のいずれかに埋められているとすれば、幽霊話とともに人々の関心を引きつけるはずだ。お千佳が語る幽霊話に、老武士と中間は冷静で、興味は示しているようだが淡々としている。

(事態はまだ、人々が殺到し大騒ぎになる段階には至っていない)

そう思えてくる。

だが、

(急がねばならない)

杢之助のほうが焦りを覚える。

ひとたび諸人が、幽霊見たさやお宝目当てに押し寄せれば、もう杢之助や仙蔵の奔走では収拾がつかなくなる。丸打屋はすでに親子そろって町を出ようとしている。なにがそうさせているのか……。慥と糾明しなければならない。

木戸番小屋にとぐろを巻いている杢之助よりも、自在に動ける仙蔵のほうが頼りになる。

(仙蔵どんはいまごろ、札ノ辻あたりか)

ねぐらは三田寺町にあると言っていた。そこに〝捕物に興味のあるお武家〟の屋敷もあると言っていた。火盗改の与力あたりの下屋敷が、そこにあるのだろう。仙蔵が出入りするからには、長官に従ってにわか与力を兼任した御先手組の旗本ではあるまい。代々火盗改に身を置いている専従の与力だろう。

（そのほうへ行っていようか）

杢之助は思いをめぐらせる。百年まえの騒ぎの手掛かりが欲しいと、仙蔵に注文をつけている。火盗改でも代々専任の与力なら、犯罪史の一環としてそこへの知識はあるかも知れない。

果たして仙蔵は、この与力の下屋敷を訪ねていた。泉岳寺門前町では朝の喧騒がつづいているころだった。

与力は四ツ谷番町の役宅に出向いており、下屋敷には用人がいた。用人とは屋敷内のまとめ役で、与力の家来ということになる。仙蔵とは懇意で密偵の役務をよく心得ており、なにかと便宜を図っていた。五十がらみの、何事にもよく気が利く、与力の用人にふさわしい人物だ。

こたびも与力は用人に指示を与えていたか、早朝にもかかわらず、

「おぉう、仙蔵。待っていたぞ」

と、仙蔵の知りたい資料をまとめており、すぐに提示した。命じた与力は大したもので、仙蔵が何を求めているかすべてを心得ていた。それはまた、杢之助の知り

たいことでもあった。

用人の示すかつての書付けや街道での諸々の出来事控帳の写し、それに用人の口頭での説明から、権十と助八がいずれかの武家屋敷の中間から仕入れた話、それに仙蔵が札ノ辻の浜風から探り出した内容は、すべて事実であることが裏付けられた。

百年まえ、御用金輸送の一行が高輪の海岸と山間に挟まれた街道で、元禄小判の千両箱を一つ奪われたのは、控帳に慥と記されていた。ただ、襲われたのは幕府の一行ではなく、相州のさる大名家だった。藩の失態であり、幕府からはきついお叱りを受け、探索も藩が秘かにおこなわなければならなかったようだ。

控帳の写しでは藩士らは猛然と追撃し、多数の犠牲を出しながらも盗賊どものほとんどを討ち果たした。そのときの双方の規模は不明だが、一帯はいくさが始まったかと思えるほどの騒動になったという。

盗賊の数人が千両箱とともに現場を離脱し、いずこかに消えたようだ。そのあたりの詳細は、控帳には記されていない。

「ここからさきは、想像する以外にない。その後元禄小判が千枚も出てきたという話は聞かないから、まだいずれかに眠っており、百年まえに逃げ延びた盗賊どもはいかような運命をたどったか。お宝の分け前をめぐって殺し合いを演じたか、その子孫がまだ生きていようか。すべては想像する以外にない……と、殿さんは言っておいでじゃった」

用人の言う〝殿さん〟とは、与力のことである。仙蔵もその与力のことは〝旦那〟ではなく〝殿〟と称んでいた。

「殿なら、ほかにまだおっしゃっていたことがおありでは……」

「おぬしもなかなか鋭いのう。あるぞ」

用人は言う。

「ほっ。いかような」

「生き延びた盗賊の子孫が、いずれかにいるだろう……と」

「あ、分かりやした。百年めえの書付けが出てきたとか、元禄小判のお宝の在り処が判ったとかの話に、その子孫が絡んでいる……と」

「そう、そこだ」

「その者、札ノ辻の口入屋、浜風の猪輔。臭いやすぜ。殊勝にも代々暖簾を守っているとか。その〝代々〟が何代ほどか、それとも何年ほどか、分かりやせんかい。あ、これは失礼いたしやした。それはあっしら密偵の仕事でやした」

「ふむ」

用人はうなずき、また言った。

「百年もまえの話だ。正確には割り出せないだろう。だから殿さんも〝想像する以外にない〟とおっしゃっておいでなのだ。書付けはいま、人宿の浜風が押さえているらしい。そこにお宝の在り処が記されているはずなのに、騒ぎになっていない。掘り起こした話も聞かぬ。たぶん書付けは判じ物で、解読ができておらんのではないかな。もちろんこれはそれがしの想像じゃが。仙蔵、おまえならどう見なす」

「分かりやせん」

仙蔵は明瞭な口調で返した。

すでに脳裡は想像をめぐらせている。

そのあと、足は札ノ辻に向かった。

胸中に念じた。

（そうかい。おそらく、そうであろうよ）

重い道具箱を担いだまま、一つの想像に達したのだ。それを念頭に、仙蔵は浜風の猪輔に直接当たろうとしている。

百年まえである。

双方とも相応の人数をくり出していた。用人の言うように、そこはいくさのような騒ぎの場となっていた。赤穂の四十七士が吉良邸に打込んだ騒ぎから三十年ほどを経ており、ようやく泉岳寺がその墓所の所在地として、門前が町場として整いはじめたころである。

だが一帯は表通りから一歩枝道に入れば、まだまだ樹間に灌木群が茂る山間の斜面の地だった。

丸打屋がそこに広い土地を取得したのは、そのあとのことだ。

千両箱は重く、一人では持てない。まして藩の武士団と斬り結んでいる。

たまたま樹間に追っ手をまき、小休止を得た。

手負いの者もいる。

頭は命じた。

「――千両箱はここに埋める。地形をよく覚えておけ。書付けにも記しておく。後日会うたとき、共に掘り起こそうぞ」

「――がってん」

返したのは、ほんの数人であったろう。

埋めるといっても鍬も鋤もない。深くは掘れなかった。追っ手は迫っている。

「――よしっ。あとはみんなそれぞれに逃げ延びよ」

「――おーっ」

かくして生き残った盗賊たちと千両箱は消えた。

一大名家の力では、街道沿線はおろか江戸市中にも探索網を張り巡らせることはできない。その後、逃亡した盗賊団が捕まったとも、元禄小判の千両箱が見つかったとも聞かない。

重い道具箱を肩に、札ノ辻への歩を踏む仙蔵は、ここまで想像したとき、杢之助の智慧も借りたかった。

逃げ延びた盗賊どもは、どのくらいの潜伏を我慢できるのか、生き残った者同士がお宝の独り占めを狙い、殺し合わないか。

(それを木戸番さんに訊いてどうなる)

その算段をすぐに打ち消した。杢之助がかつて大盗の副将格であったなど、およそ思案の範囲外なのだ。訊いてもおのれの身を盗賊の心理に置き換えてみることができなければ、適切な回答は無理だろう。

札ノ辻は三田の界隈で街道に面している。歩がその街道に入った。

〝人宿浜風〟の暖簾が見える。爽やかな屋号に、たたずまいも簡素だ。

おなじ口入屋でも、車町の木賃宿を兼ねた、雑多な二本松一家とはずいぶん異なる。二本松はそこで小博奕の賭場も張っているのだから、雑多なほうが客も出入りしやすいのだろう。

二本松と対照的な浜風の店先に立ち、仙蔵は思った。

(おめえさん、百年めえに暴れていなすった大盗の血筋かい)

暖簾の前で、大きく息を吸った。

二日立てつづけになるきょうの訪れは、大工仕事のご用聞きとは異なる。百年前のいわくつきの書付けが札ノ辻で見つかったとなれば、子孫として考えられるのはそこは何代も暖簾を守ってきた人宿の浜風ではないか。

あらためてそこに気づき、きょうの訪れとなったのだ。

四

「おおう、これは仙蔵さん。やはり来てくれたかい」

取次があり、玄関に出迎えた浜風の猪輔は言う。

仙蔵は道具箱を降ろしているが、玄関に立ったまま、

「やはり……？」

猪輔は返した。

「目ざといおまえさんのことだ。きのうにつづき、きょうまた来ると思い、待っていたのさ。来なきゃこちらから人を呼びにやろうと思うておったわ」

と、上機嫌で仙蔵を奥の間へいざなった。

浜風の猪輔も人宿を兼ねた口入屋であれば、言葉遣いはいくらか伝法なところがある。日傭取の人足や中間、女中などを口入れするとき、気さくな言いようのほうが、口入れを求めている者は安堵を覚えるのだ。

奥に通され、部屋では猪輔と仙蔵の二人になった。大工仕事の打ち合わせをするような雰囲気ではない。口入れの話ならおもに番頭や手代がおもての部屋で扱っている。

きのうもそうだったが、奥の部屋で猪輔と仙蔵が差し向かいにあぐらを組めば、なにやら密談をしているような雰囲気になる。実際、密談であった。

浜風の猪輔は、仙蔵が泉岳寺門前町の木戸番小屋によく出入りしていることを知

っており、木戸番人の杢之助が一風変わっていることも聞いて知っている。猪輔は、泉岳寺門前町のようすを知りたがっている。それを仙蔵はきのう来たときに感じ取り、そのことがきょう立てつづけの訪（おとな）いの要因になっている。うわさの書付けの所在と内容に、一歩でも近づこうとしているのだ。それがどうやら百年まえの泉岳寺門前町に関わっているらしいとなれば、仙蔵が猪輔に期待しているところは大きい。

向かい合ってあぐらを組むなり、猪輔は上体を前にかたむけ、

「で、泉岳寺門前町に、幽霊話のほかに騒ぎは起こっていねえかい」

「ああ、起こっていやすよ」

仙蔵は応える。

「ほう。幽霊話は桶屋の丸打屋のはずだが、その丸打屋になにかあったかい」

札ノ辻の猪輔は、幽霊の出没（しゅつぼつ）が桶屋の丸打屋に集中していることを知っている言い方をする。

「その丸打屋さん、敷地に新しく普請をして商いを拡（ひろ）げる話があったのでやすが、不意にそれをたたんで、いずれかへ引っ越すとか」

「ほう。あそこが商いを拡げる話は、車町の二本松からも聞いて知っていたが、そ

こへ奉公人を口入れするのは二本松の縄張だ。そうかい、拡げるのじゃのうて、そこでの仕事そのものをたたんじまうかい」

猪輔はひと呼吸つき、

「ふむむ。やはり幽霊が出るってのが原因かい」

「それは分かりやせん。あっしはそんな阿呆なことなど、ねえと思うているのでやすが」

「あははは、まあそれはいい。で、あの土地をどこの誰に売るか、それはまだながれていねえかい」

と、まるでその土地を狙っているような問いを入れた。

仙蔵は、

（えっ、このお人、府外の門前町のことをどこまで知っていなさるので？）

思いながら、猪輔の問いに自分の知る範囲で正直に応えた。

「丸打屋さんが突然言い出したらしく、具体的なことはまだなにも伝わっちゃいねえようで。引っ越しの理由さえ分からねえ。ともかくそうした変化は、ここ二、三日のことでさあ。ま、幽霊が怖くてなんて、町のお人らが思うても、おかしくはござんせんがね」

「ははは。案外、そうかも知れねえぜ」

「まさかとは思いやすが」

　と、話は進んだが、

「それよりも旦那、なにやら百年めえの盗賊に関わる書付けが札ノ辻で見つかり、お宝の在り処まで判ったって聞きやしたが」

「ほう。そのこと、おめえさんにゃまだ詳しく話していなかったなあ。まあ、それもあっておまえさんがまた来ると思うておったのさ」

　猪輔はもったいぶった言い方をし、

「書付けは浜風にある。俺の手元によ」

　仙蔵は驚かず、一瞬、返答に間を置いたが、

「やはり……」

　と、落ち着いた口調で返した。

　猪輔はつづけた。

「ほう、おめえさんらしい。察しがついていたかい」

「あっしだけじゃありやせん。街道筋の札ノ辻あたりに、百年めえの書付けが見つかったって、大木戸向こうの門前町にも伝わってまさあ。となるとあっしがまっさ

きに目串を刺したくなるのは、この浜風の人宿でさあ。出自は武家の足軽か中間で、暖簾は代々つづいていると聞きやすからね」

「さすが仙蔵どんだ。大工にしておくにゃもったいねえ。なにか裏稼業でもやっているかい」

「とんでもござんせん。ながれ大工なもんで、商家でもお武家でも、自儘に入らせてもらっているだけでやんして」

「そこがおめえの重宝なところさ」

猪輔は真剣な表情になり、上体を前にかたむけるよりも両腕を畳に突き、からだごと前にすり出た。

「おぉ」

と、仙蔵が思わず上体をうしろへのけぞらせるほどだった。

猪輔はそのままつづけた。

「つまりだ、書付けは代々わが家に伝わり、屋敷の底の底に眠っていたのを、俺が気づいて陽を当てたって寸法よ。ま、人一倍目端の利くおめえだから、そこを見込んで話していると思ってくんねえ」

「へえ」

仙蔵は解したように応じた。

猪輔は泉岳寺門前町のようすを知りたいのはむろんのこと、古い書付けの話がしたくて仙蔵を奥に招き入れたようだ。

百年まえに藩御用の一行が襲われ、千両箱がいくつか奪われ、そのうちの一つが生き残った盗賊どもと消え、いまなお見つからないといううわさは、以前から界隈の町場にくすぶっていたようだ。そのことを仙蔵は思い起こしながら、札ノ辻に歩を進めたのだ。

(うむ)

仙蔵は内心秘かにうなずいた。

(係り合いがありそうな)

確信したのだ。

猪輔は、そのまま言葉をつづけようとした仙蔵の顔を読み取ったか、

「おっと仙蔵どんよ、勘違え(かんちげ)は困るぜ」

「なにを……？」

「おめえの顔に書いてあらあ。その盗賊のなれの果てが、浜風の人宿じゃねえのかってよ」

「うっ」

仙蔵は返答に詰まった。

「図星のようだなあ。まあ、俺の手元に盗賊の書付けがあったとなりゃあ、そう推測されても仕方ねえ。俺の先祖の荷物の中に、その書付けがあったとなりゃあ、そう思うのは自然かも知れねえ。だがよ、盗賊が代々、書付けの所在さえ忘れちまうほど、おとなしくしていたってのも、おかしかねえかい。隠した千両箱の在り処が判ってるのなら、一日でも早う掘り出してえはずだ」

「そりゃあ、まあ」

「書付けが出てきた。まだ掘り出しちゃいねえ」

「そうなりやすねえ」

「つまりだ、千両箱を埋めて逃げた盗賊どもは追っ手の武士団に追い立てられ、すべて斬殺された」

「書付けは……？」

「分からねえ。追っ手の手に渡ったろうよ。だが、藩御用の武士団はすでに大失態を犯してらあ。藩の公金を白昼街道で奪われたんだからなあ」

「そりゃあもう」

「切腹ならまだましだ。斬首されたかも知れねえ」

「あり得まさあ。お武家にすりゃあ、切腹ならまだしも、斬罪ほど重い処断はござんせんからねえ」

仙蔵も上体を前にかたむけ、話は進んだ。

猪輔は言う。

「処断された藩士の人数は知らねえが、当人どもにすりゃあ斬罪を決めた上役への腹いせもあろうよ。書付けの所在は秘匿した。幾人かの藩士を処断したのだ。ごたごたもあったろうよ。この浜風の人宿を建てたのは百年ほどめえ、いずれかの藩士のお中間だったたって聞いてらあ」

「浜風の旦那。そのお中間さんが、斬罪になったお武家のご家来で、下手な筆で盗賊の書きなぐった書付けがお中間さんの私物に紛れ込み、お中間さんはそれの何かも知らず、そのまま屋敷を出なすった……と」

「ほう。即座にそこまで想像するたあ、さすがは仙蔵どん。おめえが恐ろしくなってきたぜ」

「まさか」

「ともかく大筋は図星だ。だから浜風は代々、おもに武家屋敷の中間や下男、女中を口入れしてきたのよ」

「そういう経緯で浜風さんは、いまなお武家屋敷がおもな得意先となっているのでやすね。なるほど車町の二本松と違い、由緒ある格式を守ってらっしゃる。お見それいたしやした。で、その浜風さんに代々伝わってきた書付けが、なんでいまごろ出てきやしたので？」

「ははは、それよ。書付けが先祖の中間に渡ったのとおなじで、ひょんなことからと言う以外にねえ。片付けものをしていた書状などのあいだからひょっこり出て、そこに俺が気づいたって寸法よ。ほかに理由はねえ。むろん、先代や先々代も気づいていたかも知れねえ。それが字も金釘流で書きなぐっただけで意味も分からず、ただ古そうで捨てるに捨てられず、現在に至ったってことだろうよ。それの所在が身内で話題になったこともねえ」

　金釘流とは、金釘をならべたような拙い文字のことだ。それを書きなぐっている。よほど切羽詰まって書いたのが、そこからもうかがえる。

　猪輔は語るにつれ、熱気を帯びてきている。

「それが俺の目にとまった」

「で？」

仙蔵の関心も高まった。

猪輔は言う。

「目を通した。驚いたぜ。瞬時に判ったのよ。こいつぁうわさに聞いていた、百年めえの街道で千両が消えた騒ぎに係り合っていると」

「猪輔の旦那！」

こんどは仙蔵のほうがひと膝まえにすり出た。奥座敷の中で、二人は喋れば互いに息を感じるほどに接近している。自然、声が不気味に小さくなる。

いま、仙蔵が話している。

「焦れっとうござんすぜ。その書付け、あっしに見せてくだせえ。そのあと、あらためて話を聞きやしょうかい」

「おう、仙蔵どん。その言葉、待ってたぜ」

猪輔は小声で応じた。

「身内以外、まだ誰にも見せちゃいねえ。それをおめえに見せる。その瞬間におめえは、俺の手の者になる。そう覚悟してもらうぜ」

「そうですかい。よござんす。百年めえの盗賊、どさくさのときに、よく持ち運びの墨と筆を持っていたものですぜ」

「現在と違い、盗賊に限らず外に動く者のたしなみだったのだろうよ」

言いながら猪輔は腰を浮かし、普段は押入れの奥だろうが、きょうは部屋の隅に出してあるつづらにすり寄った。

「これだ」

取り出し、仙蔵に示した紙片は、いかにも年代を経たと思われる書付けだった。

「なるほど、ここまで年季が入りゃあ、捨てるに捨てられやせんや。よござんすかい、見せてもらって」

二人はさきほどとは異なり、相応の間合いを取っているが、声はおなじ忍ぶように抑えている。

仙蔵は鄭重に、そっと開いた。

紙片に視線を落とし、一読してからあらためて視線を猪輔に戻した。

「それが百年めえの、盗賊の書きなぐった文字よ」

「そうでやしょう」

すべてひらがなで崩し字はなく、金釘流であってもいちおうは読めた。

五

古い書付けを挟み、二人は数呼吸の沈黙を経た。

元の紙片はいまにもすり切れてなくなりそうだ。

「他人（ひと）には見せず、自分でそっと新たな和紙に貼り付けたのだ」

猪輔は言う。

表具師（ひょうぐし）のように、けっこう器用に補強している。

「どうだ」

と、猪輔はそれを仙蔵のほうへ向け、聞かせるように声に出して読んだ。

もちろん仙蔵は、さきほどから繰り返し黙読している。


――まつより　おそれおほきにむかひ　ひしゃくばかりしたなり

あらためて黙読し、首をひねった。

そのような仙蔵を、猪輔は凝（じ）っと見つめている。

仙蔵は顔を上げ、視線を猪輔に釘づけた。

「旦那はこれを、どのように？」

仙蔵は幾度読んでも、解釈できなかったようだ。

猪輔はそれを待っていた。

言った。

「おめえはもう俺の手足同然の手下だ」

「へえ」

仙蔵は猪輔を凝視している。

猪輔はつづけた。

「この文面から解けるのは、百年めえにお宝が埋められたのは、現在の泉岳寺門前町の一角だということだ。だがよ、無理もねえ。切羽詰まったなかだ。せっかくの文言に、およその場所は分かるがそれが町場か樹間か灌木群か、示すことができなんだ。それに加えてだ、埋めたときと現在ではなあ、地形の条件が変わっていようよ」

「ふむ」

仙蔵はうなずいた。猪輔の言うとおりである。当時の樹間だったところに家屋が立ち並んでいても、珍しいことではない。しかも泉岳寺門前町は、そのころ急速に町場が形成されていったのだ。

「あの広い町のどこかを突き止めるにゃ、あの町に住み、腰を据えて找(さが)さなきゃならねえ。そこで俺が目串(めぐし)を刺したのが、あの一帯で無駄に広い土地を持っていやがる桶屋の丸打屋よ。いまから一月(ひとつき)ほどもめえのことだと思いねえ」

言われて仙蔵は、

「あっ」

低く声を上げた。

およそ一月まえといえば、泉岳寺門前町に幽霊のうわさが立ち始めたころと一致する。

「あの桶屋の庭の広さ、なんのつもりか知らねえが、まったく無駄そのものだ」

「あれは……」

猪輔が言ったのへ仙蔵は言いかけ、言葉を呑み込んだ。丸打屋三五郎の仕事への理想など、いまは話題ではない。それよりも、

「旦那はそこへ、どう目を付けなすったので？」

「よく訊いてくれた」

　猪輔は前置きし、

「あそこの雑然とした灌木ばっかりの庭を買い取り、浜風(うち)の分店(わけみせ)を置き、存分に時間をかけ、お宝の在り処を探る算段を立てたのよ」

　猪輔はすでに書付けの絵解きをしており、泉岳寺門前町のいずれかに百年まえの千両箱が埋まっていると確信しているようだ。

（手下(てか)でもなんでも、俺もそこに乗せてもらうぜ、猪輔旦那よう）

　秘かに意を決し、

「直接、丸打屋さんに当たりなすった？」

　話を合わせた。

　猪輔はすでに、仙蔵を手下の一人と見なしている。

「ああ、直接な」

　仙蔵は問いを投げ、ふたたび上体を前にせり出した。

「首尾は」

　猪輔はそれを受けて言う。

「あそこは町中(まちなか)でもねえ、雑木林だ。それを町場みてえな高(たけ)えことを言いやがる」

　仙蔵は、

（そりゃあ丸打屋の三五郎さん、売る気はねえからでさあ）

と、その言葉を呑み込んだ。

猪輔はつづけた。

「なんとか買いたたこうと、手代の次助をその専属に充て、俺はその一方で出資者を募った」

次助なら仙蔵もよく知っている。五、六歳、仙蔵より若く、目端の利く男で、きようも玄関で仙蔵を迎えるとすべてを心得たように、すぐさま奥へ取り次いだのは次助だった。

「出資を願う声をかけたのは、泉岳寺門前町とは目と鼻の先の車町の同業さ」

「二本松の丑蔵親方……？」

「そうさ。お宝の眠っている証拠に、書付けのあることを話すと、即座に乗って来なすった。あのお人、体軀も名のとおり丑みてえにでけえが、気も豪快なお方だ。二つ返事さ」

（そうでやしたかい）

と、仙蔵の脳裡はめぐった。

二本松一家の嘉助たち若い三人衆は、

「――儂が頼むまでもなく、丸打屋さんのようすをよく聞き込んでくれてなあ」

と、李之助は言っていた。それればかりか、百年まえの街道の騒ぎも、丑蔵から聞いたのだろう、よく知っていた。

それもそのはずである。丑蔵は一家を挙げて、札ノ辻の浜風の猪輔の千両箱探しに合力する気になったのだ。なるほど三人の若い衆は、牛糞や馬糞を集めながら、聞き込みのこの上ない戦力になっていた。

浜風の猪輔は、ながれ大工の仙蔵を二本松には負けない、さらに有益な戦力にしようと目論(もくろ)んでいるのだ。

そこまでは、いかに木戸番人の李之助でも、気づかなかった。仙蔵のほうが、李之助よりも早く気づいたことになる。

(知らせてえ)

仙蔵は思い、腰を浮かしかけた。

だが、耐(た)えた。

いままさに丸打屋三五郎の周辺は、大きく動いている。広い庭もいまある家屋もすべて売り払い、引っ越そうとしているのだ。

(まさか幽霊を信じて……)

かも知れない。どう落としどころを見いだすにしても、杢之助の智慧が必要だ。話のなかに、二本松一家が動いていたことは、いまとなっては確実だ。おもて向き、仙蔵はすでに浜風の幽霊の背後に、浜風の猪輔はそれも語るはずだ。

がれのなかに、浜風の猪輔はそれも語るはずだ。おもて向き、仙蔵はすでに浜風の猪輔の手下になっているのだ。

「お手代の次助さんは、いかような手を使いなすって……？」

仙蔵は問いを投げ、ふたたび猪輔を凝視した。

猪輔は察したか、

「次助め、あははははは。高い値を吹っかけてくる丸打屋に、奴なりに一計を案じおったわい」

「一計……でやすかい。するってえとあの幽霊たち、経帷子に額にゃ白い三角の角帽子……、みんなここのお手代さんの仕業ですかい」

「ふふふふ」

猪輔は嗤いで応えた。

「どうりで丸打屋にしか出ねえはずでさあ。こりゃあおもしれえ、あははは」

仙蔵も嗤って返した。

「ま、土地の値をすこしでも下げさせようってえ茶番だったが……」

「……へえ、そのようで」

笑い顔を見せ合っていた二人が、急に真剣な面になった。丸打屋の引っ越しの件だ。職人の一家が経帷子や角帽子に怯えてなど、およそ考えられない。

「いまのところ、あの地所を狙っているのは俺一人しかいねえ。だがよ、あそこをもし丸打屋がほんとうにたたき売るってことになりゃあ話は別だ。どんなところからどんな買い手が現れるかわからねえ。俺としちゃあすでにツバをつけたところだし、早急に手を打っておきてえ」

「分かりまさあ、旦那。あっしに丸打屋がほんとに引っ越ししたがっているのかどうか、その理由はなにかをすぐに探れってんでやしょう」

「おめえ、さすがよ。真相を明らかにしねえじゃ、どこまで買いたたけるか算段できねえからなあ」

「分かりやした。これから泉岳寺門前町に舞い戻り、木戸番小屋にもあらためて挨拶を入れ、さっそくうわさ集めに、あの一帯をながしてみまさあ」

言い終わったとき、すでに腰を上げていた。

立ったまま言った。

「二本松も動かしてくだせえ」

「分かっとる。これからすぐ手代の次助を車町に走らせる。おめえは泉岳寺門前町へ」

「がってんで」

仙蔵は指図を受けた手下よろしく部屋を出た。

玄関では預けていた道具箱を肩に、手代の次助が見送った。

外に出ると、玄関で見送った次助が奥に呼ばれたようだ。

「へーい」

次助の声を背に聞いた。

急いだ。

引っ越しの真相はもとより、書付けの文面は脳裡に慥と収めている。

六

街道を行く人の足は、いずれも速足だ。

それらに伍して仙蔵は札ノ辻から重そうな大工の道具箱を肩に、高輪大木戸に向け歩を踏んでいる。傍目には仕事で急いでいるように見えようか。そう、急いでいるのだ。

高輪大木戸の広小路に入った。

茶汲み女が、

「あーら、一本どっこの大工さん。きょうは二度目ね」

「急いでなさるようだけど。もう午ですよ。寄って行きなさんしな」

街道の茶店でも、門前町の日向亭とおなじく、簡単な食事くらいは摂れる。

「おぉう、またこんどにすらあ」

木戸の石垣を抜ければ、そこはもう海辺の迫る街道で泉岳寺門前町の日向亭が前方に見える。

仙蔵は道具箱を担いだまま、荒い息のなかにつぶやいた。

「木戸番さん、いい話だぜ。待っていてくんねえ」

思いが木戸番小屋に通じたか、すり切れ畳の上で波の音に包まれていた杢之助の脳裡に、ふと走った。

(引っ越し？　丸打屋さん、あの広い樹間の庭から、危ねえお宝でも掘り出しなすったかい)

案外、当たっていそうな気になった。

そのあとすぐだった。開け放している腰高障子の外から聞こえてきた。

「あーら、大工さん。またいらしたんですか」

お千佳の声だ。

お千佳が親しそうに〝大工さん〟と言えば、ながしの仙蔵しかいない。

「ほっ」

李之助は腰を浮かせた。

仙蔵の声が聞こえた。

「ちょうどよかった。日向亭の旦那にも伝えてくんねえ。俺が舞い戻って来て、紙と筆を欲しがってるってよ」

「え？　は、はい」

向かいの暖簾に駈け込む軽やかな下駄の音が聞こえる。同時に、

「木戸番さん」

「おう、待ってたぜ」

三和土に立った仙蔵に、李之助はすり切れ畳を手で示した。

すぐだった。

「これは仙蔵さん。なにか新たに判ったことでもありますかな」

向かいの日向亭翔右衛門がつづいて三和土に立った。お千佳に告げられ、すぐさま出てきたようだ。背後にはお千佳が湯呑み道具ではなく、半紙と筆と硯を載せた盆を両手で支えている。翔右衛門も、幽霊だの拡張中止だの引っ越しだのと、この一月ばかりの丸打屋の動きが町役として気になり、騒ぎにならなければと落ち着かないのだ。

三人がすり切れ畳に鼎座のかたちになると翔右衛門は、

「お千佳、お茶の用意を」

「は、はい」

ふたたび軽やかな下駄の音が、外の往還に走った。お千佳はお茶だけでなく、簡単な食べ物も持って来るだろう。

鼎座の中に半紙と筆と硯が置かれた。

仙蔵は幽霊のからくりと書付けのどちらをさきに話すか迷った。どちらも一つに繋がっているのだ。杢之助も翔右衛門も、目の前の筆記道具に視線を落としている。気になるのだ。

それらを受けるように、ともかくさきほど札ノ辻の人宿浜風に行った話から始めた。

浜風に百年近くの歴史があることから、話題が書付けの話に及んだとき、

「仙蔵さん、それを見なさったか。さあ、紙と筆はここに」

翔右衛門は興奮した声で言い、杢之助も、

「仙蔵どんのことだ。文面を諳（そら）んじて来たろう、さあ！」

筆と半紙を手で示した。

仙蔵は金釘流ではないが、それに似せて書いた。


――まつより　おそれおほきにむかひ　ひしゃくばかりしたなり

「うーむ」

「これは」

翔右衛門も杢之助もうなり、百年まえの近辺の街道のようすを脳裡に描いた。すぐだった。浜風で百年近くも解読できなかったのが、現在の泉岳寺門前町の町役と、盗賊の心理を誰よりも解する杢之助の手にかかれば、即座に読み解けたようだ。

泉岳寺が外桜田より移転して来て、そこが四十七士の墓所となり、門前町（もんぜんまち）がよう

やく形成され始めたころである。

いまもかなり残っているが、街道はそのころ鬱蒼とした松並木だったと伝えられている。

翔右衛門と杢之助はそれぞれの考えを披露し、互いにうなずきを交わし、翔右衛門がやおら筆を取った。原文とは似ても似つかぬ達筆がそこに記された。


――松より畏れ多きに向かい　柄杓の柄ほど掘った下なり

「なるほどこれまでこの文面に接した人は、冒頭の〝まつより〟を〝待つより〟と解釈して混乱し、松並木から四十七士の墓所に向かったようすが想像できなかったのでしょうねえ」

仙蔵が得心したように言った。かくいう仙蔵も〝待つより〟と解釈してしまい、〝畏れ多き〟が四十七士の墓所と気がつかなかったのだ。

杢之助はあらためて半紙を手に取り、

「この文言からは、盗賊どもが街道から樹間に駈け込み、泉岳寺に向け斜面を駈け上ったようすは見えてきやすが、どこに柄杓の柄ほどの穴を掘ったか、定かではありやせん。ただ、途中ということは推測できやすが」

「そう、それ！」

仙蔵が間合いを置かず、

「だから浜風の猪輔旦那はその場所を突き止めるために丸打屋に目を付け、じっくり找そうとしなすったか」

にやりと嗤いを浮かべた。

いまようやく自分も絵解きができ、次助の幽霊話を思い起こしたのだ。

「ともかく、その浜風の猪輔旦那ってえ人、大したお方よ」

杢之助は言い、追われる者の立ち場から解釈を加えた。

「盗賊どもは幾人いたか知りやせんが、街道の松並木から樹間に飛び込み、泉岳寺に向かって灌木群をかき分け始めた。背後にゃいずれかの家臣団が追って来る。樹間の斜面でそれら追っ手たちと、幾度も斬り結んだ。味方はそのたびに減る。しかも千両箱を抱えていては、自在に走れない。このあたりと目串を刺し、おそらく刀を鍬に、柄杓の柄ほども掘り、千両箱を埋め、あとは生き残った者数名、ばらばらになって逃げた」

杢之助が話せば、

「木戸番さん、経験おありか」

と、思わず仙蔵が言ったほど、光景が目に浮かんでくる。

「滅相もねえ。そんな危ねえ橋を渡ってたんじゃ、この歳までこうして静かに生きておられるかい」

「違えねえ」

杢之助の言葉に、仙蔵は得心したようだ。

その予測はさらにつづいた。

「つまりだ、逃げ延びたのは二人か三人。いずれも手負いのはずだ。藩の侍に追いつめられ、斬殺されたことも考えられらあ。そのうち一人か二人、生き延びていずれかに身を隠したとしようかい」

「そう、それでさあ。どうなりやす」

仙蔵が興味を示し、上体を乗り出した。

「ふふふ、人の考えることよ」

杢之助は応えた。

「価値ある元禄小判だぜ。一刻も早う掘り返し、てめえの手元に置きてえはずだ。その一方、いずれの藩か知らねえが、それを待ってこのご門前近辺に目を光らせていてもおかしくはねえ」

翔右衛門はときおり湯呑みを口に運ぶ以外、聞き耳を立て黙している。

(さすがは木戸番さんの推測)

内心、思っているかも知れない。

仙蔵は口を開いた。

「盗賊どもも、藩の侍たちが張っていることは承知でやしょう」

「むろん」

「じりじりしながらでやしょうが、どのくらい待てやしょうかねえ」

「そこよ、千両箱を隠したのは、この一帯の樹間や灌木群につぎつぎと普請の手が入り、あちこちが掘り返されていた時代だ。しかも盗賊どもは、丹念に隠したのじゃねえ。柄杓の柄ほどしか掘っちゃいねえ」

「そこへ土地普請の手が入り、鍬の先にカチリと当たるものがあり……」

仙蔵が想像で言ったのへ杢之助は、

「この一帯は、のちの世まで語り継がれるほどの大騒動にならあ」

言うと翔右衛門に視線を向け、

「いかがでやしょう。千両箱が消えた話のあと、そんな騒ぎがあったってことは伝わっておりやせんかい」

　話を振られた翔右衛門は、

「ふむ」

　うなずき、

「聞いたこと、ありませんねえ」

　応えた。

　翔右衛門が言うなら、他の町役に訊いてもおなじだろう。日向亭は泉岳寺ご門前に町場が形成され始めたころ、いち早く街道からの目印になる茶店を出したのだ。現在(いま)の代は四代目である。初代はまさしく一帯に地ならしの掘り返しがつづく門前町草創期の時代に、街道に茶店の暖簾を出したのだ。

「そんな世相で……」

　と、杢之助は語る。

「いかに盗賊の肚(はら)が据わっていたとしても、半年か一年、それ以上は無理だ」

「千両ですぜ、千両。五年、十年は待ちまさあ」

「あちこちに普請の進むなか、毎日が針の莚(むしろ)だろう。生き延びた盗賊が二人以上なら、それこそ言い争って殺し合い、数年でそやつら死に絶えようよ」

「ならば、その子孫は……」

仙蔵は言いかけ、

「うっ」

思わず口を押さえた。

杢之助はそこに空白をつくらなかった。

「浜風さんの先祖は仙蔵どん、おめえさんが言ってたじゃねえか。いずれかのお武家の奉公人で、そこを出るとき金釘流の書付けが一枚、どんな経緯か奉公人さんの私物の中に紛れ込んだ。ま、百年近くもめえのことじゃ、そのときのようすなども調べようもねえ。その金釘流を、現代の浜風の旦那が白日の下にさらしなすった。大手柄さ。並みのお人にできることじゃねえ。儂らが係り合う門前町の出発点は、そこからだと思いやすぜ」

言いながら杢之助は、視線を仙蔵から翔右衛門へ移した。

「ふむ」

翔右衛門はその視線にうなずき、

「さっきも触れましたが私の知る限りじゃ、泉岳寺門前町に元禄小判で千両も湧いたなどの話は聞いたことがありません。柄杓の柄ほど掘ったところが、たまたま掘り返しの土地普請から外れたか、何者かに秘かに掘り返され、騒ぎにならぬよう持ち去られたか、あるいは端から千両などなかった……」

「それはありやせんや。書付けが出てきただけで、すでにここまで騒ぎになってんですぜ」

仙蔵が反発するように言ったとき翔右衛門が、

「あっ、私としたことが！」

言いながら腰を浮かした。視線が開け放した腰高障子戸の外に向かっている。

「あっ、これは儂も迂闊でやした」

「あっしも、早う話したいばかりに」

三人は声をそろえた。

腰高障子の外を、町役総代の門竹庵細兵衛が通りかかったのだ。荷物持ちの小僧を一人従え、いま街道から門前町の通りへ入ったようだ。

翔右衛門が部屋の中から声をかけ、杢之助と仙蔵が急ぎ三和土に下り、細兵衛を迎えた。

丸打屋の急な変化の裏を探ろうと、細兵衛、翔右衛門、杢之助の三人で直に丸打屋を訪い、なんら成果を得られないまま帰って来たのは、きのうの夕刻のことだ。

細兵衛は町役総代として、翔右衛門と杢之助以上に、胸中にもやもやしたものを溜めていよう。

翔右衛門に木戸番小屋から声をかけられ、

（きのうの話）

細兵衛は直感し小僧をさきに帰らせ、

「ほうほう、これはこれは」

木戸番小屋に歩み寄った。

杢之助と仙蔵が三和土に下りて迎える。外から部屋の中はよく見えないが、三和土に職人姿の仙蔵がいるのに気づき、

「これはまた皆さんおそろいで。大工の仙蔵さんまでご一緒とは」

と、うわさを集めやすいながれの大工が加わっていることからも、きのうのつづきが話されていることに確信を持った。

おとなが四人、木戸番小屋のすり切れ畳では手狭だ。本来なら向かいの日向亭の奥座敷に座を移すところだが、一同はひと呼吸でも早く話のつづきがしたい。そのまま座は木戸番小屋となった。

話は町のあり方に関わることだ。木戸番小屋こそ座にふさわしいと言えるかも知

れない。

あらためて四人が座に着くなり、

「さあ、話はどうなっておりましょう」

細兵衛が催促するように言った。

お千佳が気づき、新たに茶を載せた盆を運んで来た。

「きょうの話の始まりは大工の仙蔵さんじゃ。さあ、仙蔵さんから」

「へえ」

と、仙蔵は翔右衛門から話し役を振られ、あらためてきょう朝方に札ノ辻の浜風の猪輔を訪ねたときの内容から話した。

聞いている細兵衛は視線を仙蔵から杢之助に向け、また仙蔵に戻し、翔右衛門へも確認するように向け、翔右衛門はそのつどうなずきを返す。細兵衛の表情は真剣さを深くし、そして険しくなった。

話が一段落し、細兵衛の口が動いた。

「見えましたぞ。きのう引っ越しの理由を質そうとした私たちを、丸打屋さんはまったく取り合おうとしなかった。その背景が……」

その予測は、翔右衛門も杢之助も仙蔵も脳裡に描いていた。これから話題になるかも知れなかったところへ、細兵衛が腰高障子の外を通りかかったのだ。

座が緊張するなかに、細兵衛は言った。

「丸打屋さんの初代が購いなさった灌木群の中に、千両箱が隠されていた。偶然でありましょう。三五郎さんがそれを掘り出しなさった」

座に数呼吸の沈黙がながれた。その土地は広い。可能性は否定できない。

丸打屋は恐れ、普請をとりやめ、

(千両を秘匿し、町からも逃げ出そうとした)

辻褄は合う。

重苦しい空気のなかに、

「いけません！　いけません、それは!!」

あらためて細兵衛が口を開いた。その声はおもての往還にまで聞こえるほどだった。すぐに声を落とした。

「二両、三両の入った財布を拾い、ほんの出来心からそれをふところにしようというのとは異なります。千両ですぞ、千両。それも百年まえとはいえ、出所がはっきりしている金子です」

翔右衛門も杢之助も仙蔵もうなずいた。

翔右衛門も言った。

「千両を前に、正常な判断力を失うのは分かります。したが、それをやらせてはなりません」

「ならば、いかように」

杢之助は言い、判断を仰ぐように門竹庵細兵衛と日向亭翔右衛門へ交互に視線を向けた。

翔右衛門は町役総代の顔を立てたか、細兵衛に、

（さあ）

町の意思を示すよう手でうながした。

細兵衛は無言でうなずき、きわめて自然に言った。

「さきほど日向亭さんも触れられたとおり、この町から罪人を出してはなりません。千両、それも元禄小判です。一時的に目がくらんでも、醒めてもらわねばなりません。まずは当人がお上に届け、判断を仰がねばなりません。それが泉岳寺門前町の住人の心すべきことです」

この言葉に、ふたたび木戸番小屋に沈黙の数呼吸がながれた。

杢之助は思った。

（儂はなんといい町に住まわせてもらっておる。この仕合せ、護らねばならぬ）

ながれ大工の仙蔵も、真剣な表情になっていた。

（久しぶりだぜ。いい町のいい話を聞かせてもらった）

七

――この町の平穏をどう護る
それが木戸番小屋で話し合われているいま、町の住人ではない仙蔵がきわめて自然に同座し、そこに違和感を覚える者はいない。仙蔵は丸打屋の困難解決のため、すでにはずせない人物になっているのだ。

「ともかく丸打屋さんに引っ越しの予定に変わりがないかどうかを確かめ、変わりがないようだったら、なんとか思いとどまらせ、みずからお上に申し出るように仕向けねばなりません」

そのままつづけられた談合のなかで細兵衛が言ったとき、

「できますかい、そんなこと」

思わず杢之助は言ってしまった。用心深く人を疑うことを、前面に出してしまったのだ。

そんな杢之助をまた、仙蔵は思いがけなさそうに見つめた。

その視線を杢之助は感じ、

(いかん！　儂としたことが)

思わずにはいられなかった。

本来なら杢之助が町役たちに、丸打屋の更生策を示さねばならないのだ。

それが〝できますかい〟などと、まったく逆なことを言ってしまった。

仙蔵はそのような杢之助に、

(ん？)

と、思っても不思議はない。

元盗賊である杢之助は、さっきから細兵衛と翔右衛門の善人ぶりに圧倒されっぱなしだったのだ。町役としての町への責任感と、住人である丸打屋への思いやりが自然なものであれば、なおさらである。

(いかん、ここで踏み外しては)

杢之助は自分に言い聞かせ、

「ともかく儂は丸打屋さんの動きを探り、逐一細兵衛旦那と翔右衛門旦那に報告させてもらいまさあ」

　木戸番人としての務めである。本来のあるべき姿にみずから戻した。仙蔵の自分に感じたであろう疑念を、払拭できたろうか。仙蔵に対して杢之助は、あくまで泉岳寺門前町の木戸番人でなければならないのだ。

　仙蔵は瞬時覚えた疑念を、払拭したようだ。疑念といっても、さほど深いものではなかった。杢之助が敏感すぎたということになろうか。

　仙蔵もまた、細兵衛や翔右衛門の前では、木戸番小屋によく出入りしている気のいいながれ大工であらねばならないのだ。裏稼業があることなど、微塵も覚られてはならない。

　言った。

「あっしも手伝わせてもらいやすぜ。門前町の木戸番さんにゃ、いつもお世話になっておりやすからねえ」

「滅相もありません。仙蔵さんには私らがいつもお世話になっております。きょうのことでも、仙蔵さんがいてくだされぱこそのことでしたよ」

　門竹庵細兵衛が応じ、

「とくにいまは、私らの門前町が世を揺るがす大騒動を引き起こすか、何事もなかったように、穏(おだ)やかに過ごせるかの瀬戸際に立たされております」

日向亭翔右衛門がうなずきを入れた。

杢之助にとっても、事態は重大なのだ。

細兵衛はつづけた。

「さきほどの話では、車町の二本松さんも関わっておいでとか」

「関わっておいでどころか、お宝探しに合力しておいでてさあ」

仙蔵は応え、

「だからあそこの若い衆が丑蔵親方に言われ、ちかごろよくこの町に、わけても丸打屋の周辺をまわっているのでさあ。あの三人衆もあっしと同様で、この木戸番小屋によく出入りしてまさあ」

仙蔵の言葉を杢之助は肯是(こうぜ)した。

「おかげで儂は此処(ここ)に居ながらにして、町のようすを知ることができ、助かっておりましてな」

「そのとおりです、門竹庵さん。私はそれを毎日、この目で見ております」

日向亭翔右衛門がまた証言するように言い、思いついたように〝あっ〟と声を上げ、

「さっき門竹庵さんが言いなさったように、いま門前町は重大な岐路に立たされております。どうでしょう、仙蔵さん。しばらく番小屋を拠点に、木戸番さんと一緒に本格的に丸打屋へ探りを入れて下さらんか。もちろん、手当は町で出させてもらいますよ」

言いながらちらちらと視線を門竹庵細兵衛にながしたのへ、細兵衛は無言のうなずきを返した。

翔右衛門はさらに、

「二本松の若い衆も取り込んで、くまなく動きを調べて欲しい。二本松には私から断りを入れておきましょう。いいですね、木戸番さん」

翔右衛門は杢之助にも念を押した。

「むろん」

杢之助は応じた。

かたちは出来上がった。泉岳寺門前町の木戸番小屋を拠点に杢之助がまとめ役となり、ながれ大工の仙蔵を筆頭に、馬糞集めの嘉助、耕助、蓑助を手足として丸打屋の動きを探り出す。もちろん権助駕籠の権十と助八もそこに合力する。

これまでは仙蔵や三人衆が木戸番小屋に顔を見せた時だけ、丸打屋が話題になっていた。それを門前町があと押しをして杢之助がまとめ役になり、仙蔵が三人衆をうまく動かすのだ。この態勢で推して行けば、丸打屋が隠しているはずの何事かを探り出せないはずがない。

門竹庵細兵衛も日向亭翔右衛門も、門前町に三代つづいた職人兼商家の身辺を探るような真似(まね)をしなくて済む。困難なおりに木戸番小屋がそれを担(にな)う。それこそ木戸番小屋の真骨頂かも知れない。その木戸番小屋に、たまたま杢之助がいた。いまいる町の危険は、杢之助にとっても危険なのだ。町役総代の門竹庵細兵衛が言うように、〝何事もなかったように、穏やかに〟収めねばならないのだ。

太陽はまだ西の空に高い。

すり切れ畳から腰を浮かしながら、翔右衛門が、

「それじゃ私はこのままちょいと二本松に行き、丑蔵の親方さんに話して参りましょう」

外に出た仙蔵がお千佳に、二本松の三人衆を見かけなかったかを訊くと、

「あ、さっき坂の中ほどにいましたよ」

三人衆はきょうも丑蔵に言われ、すでに泉岳寺門前町に入っているようだ。その背を追うように、仙蔵は道具箱を肩に坂道に歩を進めた。

門竹庵細兵衛も、

「お願いしますよ」

念を押すように李之助に言うと、仙蔵のあとを追うように草履の音を立てた。

それらを李之助は木戸番小屋の前で見送った。

(いよいよ正念場を迎えたかい)

大きく息を吸った。

「木戸のおじいちゃーん」

町内の子たちが坂の上から駈け寄って来る。

「おうおう、おめえたち。きょうはどこの在所の話をしようかのう」

と、李之助は迎える。

その中に、ことし五歳になる丸打屋のせがれ太平もいた。

「川に氷が張って、歩いて渡れるようになるって話……」

と、大きな声とともに、三和土に飛び込んで来た。

夜逃げ算段

一

「門竹庵さんに日向亭さん、それに木戸番さんも、あたしたちに……」

「そう、目をつけておる。急がねばならねえ」

丸打屋の屋内では、亭主の三五郎と女房のお咲が話していた。奥の部屋で、しかも手伝いの職人も奉公人もきのう暇を出したばかりで、まわりを気にする必要はない。だが、二人とも声を低めている。話の内容から、自然そうなるのだ。

きのう夕方近く門竹庵細兵衛と日向亭翔右衛門、それに杢之助の三人が丸打屋に訪いを入れたとき、三五郎はまるで通せん坊をし、三人を玄関から屋内に入れようとしなかった。まだ外は明るい時分なのに、通いの職人も奉公人もいなくなっていることに気づかれないためだった。

木戸番小屋に集っていた町役やながれ大工らが外に出て、ふたたび杢之助が一

人になったところへ、

「木戸のおじいちゃーん」

町内の子たちが木戸番小屋の三和土(たたき)に飛び込み、先頭を走っていた丸打屋の太平(たへい)がすり切れ畳に跳び上がった。

「きょうも太平、木戸番小屋に行っているかなあ」

「あとであたしがそっと、いえ、それとなく迎えに行きましょう」

と、丸打屋夫婦はそれさえ低声(こごえ)に話している。

「おうおう、川に氷が張って、向こう岸まで歩いて渡れる話じゃったなあ」

「滑(すべ)らない?」

「割(わ)れたらどうするの?」

門竹庵のお静(しず)が問えば、筆屋のお稲(いね)がつづける。

「ねえ、どうなの?」

太平が返事を急(せ)かす。

「そりゃあおめえ、子供でも三人も四人も固まって乗ったんじゃバリバリバリッと。冷てえぞ」

「わーっ、こわーいっ」

声が上がる。

通りを行く住人も参詣人も、子たちで賑やかな木戸番小屋のようすに頬をゆるめる。泉岳寺門前町はおもて向き、いつもと変わりはないのだ。

だからこそ、いま町内の子たちが歓声を上げている木戸番小屋に、さきほどまで膝を交えていた面々は、なにやら得体の知れないものが町に迫る事態に、いっそう苦悩しているのだ。

丸打屋の奥の部屋でも、夫婦の深刻そうなやりとりは、

「まったく困ったことになってしまったわい」

「まえまえから気にはなっていたのですが。このままでは太平にも申しわけないですからねえ」

と、なおもつづいていた。

丸打屋がお店や仕事場の拡張を不意に断念し、引っ越しまでほのめかし始めたのは、数日まえに車町の棟梁が庭の地ならしの図面を引き終えたのがきっかけとなっていた。

「――この箇所の土砂を、こちらに運んで盛り土をし……」

棟梁の仁吾郎が図面を示して説明した箇所は、丸打屋の広い灌木群のままの庭の

全域に及んだ。なるほど斜面が平地に整えられ、地所が見違えるようになるばかりか、泉岳寺門前町の拡充にも寄与するものだった。

「——お、おまえさん！」

「——むむ。これは!!」

それを見た瞬間の夫婦の応対は緊迫し、

「——どこか問題でも？　これ以上の庭普請はないと思いやすが」

棟梁は三五郎とお咲の反応を訝り、問いを入れたが、

「——この庭普請、やるかどうかしばらく考えさせておくんなせえ」

三五郎は応えたのみで、理由は示さなかった。

声を低めた夫婦のやりとりは、述懐するような口調になっていた。

「もう一月ほどになりますねえ、車町の丑蔵親方の仲介で、ご府内は札ノ辻の浜風とかいう口入屋さんのお手代さん、そうそう次助さんとおっしゃった。いきなりいらして……」

二本松の仲介で来た浜風の手代はいきなり、

「——広い庭じゃござんせんか。しかも灌木群のままで。隅の切れ端でいいんでさあ、すこし手放しなさらんかい。言い値で引き取らせてもらいやすぜ」

などと持ちかけたのだ。

もちろん丸打屋は断わった。

駕籠屋の権十と助八が百年まえの書付けが、札ノ辻で見つかったとのうわさを木戸番小屋にもたらしたのは最近だった。百年まえの街道の騒動とお宝のうわさも、前後してながれてきた。

それらのうわさが一体のものであることを、丸打屋はすぐに気づいた。

「ふふふふ」

三五郎が口元を斜めに緩め、お咲もそれにつづいた。

その時をふり返るように、三五郎は言った。

「そこへこの庭に、幽霊のうわさじゃねえか」

「白い経帷子に三角の角帽子まで。その動きが生々しく、かえって生身の人間と分かりましたよ」

と、女房のお咲は嗤いながら言う。

まともに怯えたのは、出た当初の数日だけだった。

お咲はつづけた。

「札ノ辻のあの若いお手代さん、芸達者じゃなかったですねえ」

「それをまた二本松のガキの三人が広めおった。もっともあの連中に悪気はなく、逆にかわいかったなあ」

「あたしたちが気づいていることも知らず、札ノ辻のお手代さんが正面から二本松の丑蔵親方と一緒に来て、地所を安く売れなどと……。まるで下手なお芝居のようなやり口でしたよ」

「そこを俺たちが幽霊を信じているふりをしながら、それでも売らねえってえと、向こうさん、困惑してやがった」

「ほんと、慌てたような顔になってましたねえ」

「この地所を手放すなんざ、とんでもねえ話だった。車町の棟梁に、普請を相談している最中だったからなあ」

「そうですよ」

と、ここまで述懐が進むと、二人の表情から緊張感は消え、二本松や札ノ辻の反応を楽しむようにさえなった。

しかし、庭普請の見取り図が完成した段になると、丸打屋のようすは緊張を一気に通り越し、悲壮感を帯びたものにさえなった。

丸打屋が不意に土地家屋を売り払い、

「――引っ越し」

を言い出したのだから、周囲の驚いたことは言うまでもない。

その地所の一角を狙っていた浜風の猪輔も車町の二本松の丑蔵たちも、

（まさか丸打屋め、あの地所の中に元禄小判を掘り出しやがったのか）

思っても不思議はない、その広さが丸打屋の庭にはあるのだ。

急な引っ越しで投げ売りすれば、土地の値は二束三文になる。土地の買い取りどころか、真相を知る必要が生じた。場合によっては、土地を買ってそこに浜風の拠点を設ける必要などなくなるのだ。

二本松の三人衆が、集める牛糞も馬糞もすっかりかたづけているのに、連日泉岳寺門前町に入り始めたのは、このころのことである。

町内では門竹庵細兵衛も日向亭翔右衛門も木戸番人の杢之助も、浜風の猪輔や二本松の丑蔵とおなじ疑念を持った。

だが、双方の疑念への動機は異なる。

――千両箱を掘り当て……、極秘に引っ越し

この誘惑に丸打屋が駆られたとしても不思議はない。むしろ人として自然であろう。元禄小判の千両が掘り起こされたあとの灌木群の土地など、猪輔や丑蔵には一

文の価値もない。

門竹庵細兵衛や日向亭翔右衛門、それに木戸番の杢之助にとって、憶測とはいえ傍観したのでは町内から千両隠蔽の罪人を出すことになりかねない。


丸打屋の奥で、三五郎とお咲が述懐から悲痛の雰囲気に陥ったころ、木戸番小屋ではお静や太平ら町内の子たちが杢之助の諸国話に興じ、日向亭翔右衛門は二本松の一室で丑蔵と膝を突き合わせていた。

「こちらの若い三人衆が、いつも門前町に来てくれるのはありがたい。とくにこたび、町内の丸打屋の詳細を知る必要ができましてな。三人衆は牛馬糞集めより、それの探索に入っておいでのようですが、ここはひとつ……」

動機は異なるが、目的はおなじである。

その申し出に丑蔵は、

「すりゃあ、二本松にとってもありがてえ」

と、二つ返事で応じた。

二本松の三人衆が泉岳寺門前町で独自に探索するのではなく、木戸番小屋の差配で、ながれ大工の仙蔵とも連携して探りの手を入れる。もちろん得た情報は門前町と二本松で共有する。

話はそこに落ち着いた。

現場ではすでに仙蔵が若手三人衆と連携している。

(予測が当たっておれば、丸打屋は周囲の目を警戒し、太平には外で喋らないように注意しているはず)

仙蔵は判断している。

直接丸打屋に訪いを入れようとする若い三人衆に、

「――いま行っても、何も得られねえぜ」

と、言い聞かせ、分担して近所での聞き込みに重点を置いた。

丸打屋は秘かに家財をまとめているわけでなく、ここ数日内に、

(夜逃げみてえな引っ越しはなかろうよ)

仙蔵は判断した。嘉助ら三人衆もおなじ見方をしたが、

(でもよ、直接玄関を叩いてみてえぜ。外から見て分からねえことを、感じ取れるかも知れねえのによ)

と、慎重な仙蔵の差配に不満だった。

いま三五郎とお咲は、悲痛と迷いのなかに身を置いている。

二

お静もお稲も太平も、町内の子たちは杢之助の諸国話に聞き入っている。町内の子たちにとって、杢之助は元飛脚で全国を駈けめぐり、歳で走れなくなったいまは町の木戸番人として暮らしている爺さんである。それ以外のなにものでもない。子らの親たちもそう見ている。

杢之助にとって、木戸番小屋で町内の子たちに諸国話をし、子たちが聞き入っているのは、心落ち着く至福のひとときなのだ。

杢之助はいま、川に氷が張って歩いて渡れる北国の話をしながら、その至福に浸っている。

だが、気になる。太平に、落ち着きがないのだ。もちろん太平も杢之助の話に聞き入っている。しかし脳裡には、もう一つのなにかが蠢いている。それを感じさせるのだ。

そのなにかに千両箱が重なれば、杢之助ももう落ち着かなくなる。

（誰か話の合い間に、引っ越しの話を話題にしないか）

話しながら杢之助はそれを待っている。

お静も諸国話に夢中になり、太平の引っ越しを話題にするようすがない。

陽が西の空に低くなっている。

部屋の中は、灯りを入れるほどではないが、薄暗くなりかけていた。

外に下駄の音が……。お千佳（ちか）ではない。

杢之助は視線を外に投げ、

（おっ）

内心、声を上げた。太平の母親、丸打屋のお咲だ。

「さあ、太平。出ておいで」

外から声をかけたお咲に太平は不満そうに、

「もう？　外まだ明るいよ」

杢之助の諸国話は中断した。

「あ、そうそう。太平ちゃん、引っ越しの話、どうなったの」

「それできょうも早めに帰るんだ」

十二歳のお静が言ったのへ、七歳のお稲がつないだ。

ようやく杢之助の期待していた話題になった。

注視した。

「ううん、そうでもないけど」

五歳の太平は曖昧（あいまい）に返して腰を上げた。

「さあ、早（はよ）う」

お咲は敷居の外から手招きする。

お咲と太平の口から〝引っ越し〟の文言（もんごん）がまったく出てこない。

杢之助は直感した。

（太平は両親（ふたおや）から〝引っ越し〟を外で話すのを禁じられている）

ということは、引っ越しは、

（ある。それも秘かに）

杢之助は思わず敷居の外に立つ母親のお咲に、射るような視線を投げた。部屋の中から明るい外はよく見えるが、外から中はすでに薄暗い。杢之助が顔を外に向けていることさえ見分けられない。このときお咲が、杢之助の射るような視線に気づいていたなら、

（えっ、露顕（ばれ）た!?）

直感したであろう。

外からは内の者の表情は見えない。

「さあ」

お咲は急かすようにまた声をかけた。

お咲が木戸番小屋に向かうまえ、三五郎と話し合っていた。

「――お咲、引っ越しはもう隠せねえ。札ノ辻が演じてくれた幽霊を利用するんだ。俺たちは幽霊が恐くって、それで逃げ出したってことに」

「――そう、それにしましょう。あとは太平が問題です。引っ越しの口止めはしてあるのですが、準備に入れば隠しおおせるものではありません。きょうも木戸番小屋に行っております。木戸番さんに太平が問われるまえに、幽霊怖さの話を本物にしておきましょう」

「――よし、きょうも早めに帰らせるのだ。太平への徹底、おまえに任せたぞ」

「――はいよ」

お咲は悲痛のなかに元気を取り戻し、玄関を出た。

そうした経緯（いきさつ）があり、お咲は木戸番小屋の開け放された腰高障子に声を入れたものの、三和土までは踏まなかったのだ。

そのときのお咲のようすや、太平の不満そうなようすから、

（やはり丸打屋さん、引っ越しかい。動機は伏せておきてえのかい）

思えてくる。

お咲は太平の手首をつかまえ、

「さあ」

強く引いた。

引かれた太平の背が、開け放された腰高障子の範囲から見えなくなった。

（お咲さん、太平のためにもよくないのじゃねえのかい）

杢之助は内心につぶやき、

「太平がどこかへ引っ越すって話、どうなったい」

と、視線を屋内に戻した。

「あ、それ、わかんない」

「引っ越すとか引っ越さないとか、太平ちゃんもはっきりしないし」

子たちは口々に言い、

「あしたにでもみんなで太平ちゃんちに行ってみよう」

お静が言った。

実際あした、子たちは手習い処から帰ったお静を先頭に、丸打屋の庭に駈け込もうか。

（儂も立ち会いてえぜ）

　李之助は思った。

　陽は西の端にかかろうとしている。

「いつもお世話になります」

　筆屋のおかみさんが、お稲を呼びに来た。

　それがきっかけになってお静が、

「あしたもきょうのつづき、聞かせてね」

　声を上げ、残っていた子たちも一斉に腰を上げた。あしたみんなで太平の家の庭に駈け込む話は、もう忘れたようだ。

　李之助は子たちから丸打屋の話を聞きたかったが、そのためにわざわざ引き止めるのは不自然だ。

「おうおう、また遊びに来ねえ」

　と、三和土に下りた。

　向かいの日向亭の縁台に、ながれ大工の仙蔵と二本松の三人衆が座り込み、お茶をすっていた。

さっそく翔右衛門と丑蔵の話し合いの成果が、そこにある。

仙蔵と三人衆はきょうの報告にと木戸番小屋に戻って来ると、町内の子たちがすり切れ畳を占拠している。向かいの縁台でお千佳の淹れた茶をすりながら、杢之助が一人になるのを待った。むろん日向亭は、三人衆からもお茶代をとったりはしない。亭主の翔右衛門も出て来ていた。杢之助に代わり、仙蔵たちから丸打屋のようすを聞いていたのだ。

子たちの下駄や草履の音が声とともに去り、縁台の面々と杢之助の目が合った。

すかさず翔右衛門が、

「そちらじゃ狭かろう。いま手代を門竹庵さんに走らせましてな。おっつけ細兵衛さんも来なさろうから。さあ、こちらへ」

と、日向亭の暖簾を手で示した。

なるほど杢之助に仙蔵、三人衆、翔右衛門に細兵衛の七人がそろったのでは、木戸番小屋のすり切れ畳では狭すぎる。

「えっ、総代さんも来なさる？　それならそちらで」

杢之助は即座に翔右衛門の意を解し、下駄の歩を日向亭のほうへ進めた。

町役総代の門竹庵細兵衛も来るとなれば、丸打屋探索のかたちが整ってより、最初の一同そろっての談合となる。

言っているところへ門竹庵細兵衛が来て、

「聞き込みに新たな成果はありましたかな」

と、一同とともに日向亭の暖簾をくぐった。

杢之助もそれにつづき、細兵衛を呼びに行った手代は、そのまま木戸番小屋の留守居に入った。

奥の板の間なら、この人数が入っても余裕がある。細兵衛と翔右衛門は商人らしく座布団に端座の姿勢をとったが、杢之助とながれ大工の仙蔵は座布団を辞退し、板敷にあぐらを組んだ。二人ともそのほうが気楽に話せるのだ。嘉助たち三人衆も部屋の壁を背にあぐら居になった。

上座に細兵衛と翔右衛門が端座し、両脇にあぐら居の杢之助と仙蔵、上座の二人に三人衆が壁を背に向かい合うかたちが自然にできあがった。

「で、きょうの成果は？」

急かすように問いを入れた細兵衛に杢之助が、

「さっきまで木戸番小屋にゃ、町内の子たちが来ておりましてな。お宅のお静坊も一緒でやした。それで儂もまだ聞いておりませんのじゃ」

と、人数がそろうのを待って日向亭の奥に入るかたちになった経緯を話し、

「そういうことでして、ちょうどようございました」

と、翔右衛門があとを受け、

「さあ、仙蔵さんたち」

視線を仙蔵と三人衆に向けた。

「へえ。さっきも話しやしたとおり……」

直接訪いは入れず、近所のうわさを丹念に集める策をとったことを話した。嘉助ら三人衆もしきりにうなずきを入れ、

「結局は引っ越しするようなしないような……」

と、それが結論だった。

「知りたいのは、なぜ引っ越しの話が出てきたかですよ」

翔右衛門が言い、細兵衛もうなずき、杢之助が、

「そのとおりでさあ。せがれの太平も親から口止めされているようでやして」

お咲が太平を呼びに来たときに得た感触を語ると、

「ということは、やはり千両箱を……」

翔右衛門が口に出し、一同はそれぞれに顔を見合わせた。

数呼吸の沈黙がながれた。一同は黙したまま、互いにうなずきを交わし合っている。いずれも翔右衛門の言を肯是(こうぜ)している。

そこに杢之助が声を入れた。

「これはあした、丸打屋に直接探(さぐ)りを入れる以外、方途(ほうと)はござんせんねえ。それを思えば、きょう近辺での聞き込みだけにとどめたのは好都合でしたぜ。相手に過度の警戒心を持たせねえためにさ」

一同はうなずき、座の話は誰があした丸打屋の戸を叩くかに移った。

この策はその日のうちに三人衆をとおし、二本松から札ノ辻にも伝えられた。

二本松と札ノ辻のとらえ方は、きわめて物騒なものなのだ。

三

その日の夜、
――チョーン
拍子木を打ち、いつもの火の用心の口上(こうじょう)を述べる。

その合間に思う。

足は丸打屋の玄関前に来ている。

(お上に届けなせえ。猫ババは罪ですぜ)

——チョーン、チョン
(千両……? あぶく銭など、身につかねえ。太平のためにもならねえ)

念じながら玄関前を過ぎ、ふり返る。

拍子木の音を、丸打屋夫婦も聞いていようか。

木戸番小屋に戻った。

すり切れ畳の上にあぐらを組み、

(願いが伝わっていりゃあいいのだが)

思えてくる。

杢之助はあくまで、丸打屋夫婦がみずから町役に話し、町役から町の出来事としてお上に申し出ることを望んでいる。町内のいかなる出来事も、そうした手順を踏めば、事件にはならず、穏やかに終えることができる。

門竹庵細兵衛と日向亭翔右衛門は言っていた。

「——あしたまた訪い、それでもなお門前払いなら、仕方ありませぬ」

「――火盗改に、探索を願い出ましょう」

杢之助にとって、訴え出る相手が府内の町奉行所でないのが、せめてものさいわいだった。

だが胸中には、

（三五郎どん、お咲さん。目覚めなせえ。ここ一両日が勝負ですぜ）

と、あしたにでも三五郎が町役総代の門竹庵の玄関に立つことを願っている。

かつての盗賊の所行が、百年後の現在の世の人間に、新たにご法度を犯させようとしている。その連鎖が、杢之助にはいたたまれないのだ。

翌朝また門前町の通りから喧騒が去ったころ、二本松の若い衆三人が来た。三人は朝一番に直接丸打屋の門を叩き、その反応を杢之助が見定め、仙蔵が軽い大工仕事はないかどうか、

『ご用聞きの声を入れるかどうか、そこで決めよう』

きのう門竹庵細兵衛と日向亭翔右衛門のいる前で話し合ったのだ。翔右衛門はすでに縁台に出て、その横に杢之助が立っている。細兵衛はきょう一日、門竹庵で首尾の知らせを待つことになっている。

二本松の三人衆はさりげなく、日向亭の縁台の前を過ぎる。

お千佳が、

「帰りにまた寄っていきなさいな」

声をかけたのへ、

「おう」

嘉助がふり返る。

昼間はお千佳が縁台の応対をしながら、木戸番小屋も見ることになっている。きのうのように手代が入らずとも、外からの客は町内の道を尋ねるくらいで、ときどきしかおらず、お千佳だけでも十分に対応できる。

三人ともいつもどおり竹籠を背負っている。まだ空（から）だ。

そのあとに杢之助がつづき、すぐに大工の道具箱を担いだ仙蔵も来た。

きょうの策は、すでに始まっている。

三人衆につづいた杢之助は、

（きょうこそ正念場）

思いを定めている。

行く先は分かっているので、かなり間合いを取ってうしろ姿が見えなくなっても問題はない。

何回目かの角を曲がった。三人の背が見えた。丸打屋の玄関に入って行ったところだった。

（ん？）

杢之助は首をかしげた。おととい杢之助と細兵衛、翔右衛門は、そこで三五郎から門前払いにされたのだ。ところが嘉助ら二本松の若い三人衆は、訪いを入れるなりすんなりと中に入れられたようだ。

杢之助は足を速めた。

声が聞こえてきた。三五郎だ。

「おおう、おまえたちかい。入んねえ」

「へえ」

と、そのさきは聞こえない。奥へいざなわれたようだ。

こうなれば、玄関の前を行き来してもようすを窺えない。

杢之助は仕方なく、丸打屋の前を行き来するよりも、さっさと木戸番小屋に戻った。

ながれ大工の仙蔵が来て、縁台で茶を飲みながら翔右衛門と話していた。

「あれ？　木戸番さん。早かったですねえ」

「ああ、それが……」

仙蔵の問いに杢之助は応え、二本松の三人衆がすんなり丸打屋に迎え入れられたことを話した。

「えぇえ、まさか!?」

と、翔右衛門も驚く。

一同は、嘉助ら三人衆も門前払いを受けると思い込んでいた。そこへ杢之助が顔を出し、門前払いの背景を探るつもりだったのだ。

「おっつけ嘉助らが戻って来れば、ようすは分かりやしょう。次の手はそれから決めやしょうかい」

杢之助が言ったのへ、翔右衛門も仙蔵もうなずいた。

予期に反し奥内に招じ入れられた三人はいま、なにやら三五郎と話し込んでいるはずなのだ。

それほど奥ではなかった。

三人が通されたのは、玄関の板敷の間だった。

だが、歓待されていた。

「おぉう、おめえら。また来たかい。まあ、上がれ」

と、三五郎に板敷を手で示され、そこにあぐらを組むとおかみさんのお咲まで、

「来ると思ってたんですよ。いつも町内をきれいにしてくれて、ありがとうございますねえ」

と、お茶を出す。

面喰らう三人衆に三五郎は言った。

「ここ二、三日のあいだだ。俺たちは此処(ここ)を引き払う」

「えっ」

兄貴分の嘉助が声を上げた。耕助(こうすけ)も蓑助(みのすけ)も色めき立った。丑蔵親方に探って来いと言われていた答えが、いきなり披露(ひろう)されたのだ。

玄関の板敷であぐらを組んだ、奇妙な談合である。お茶を出した女房のお咲も、その場へ足を崩し座り込んでいる。

杢之助か仙蔵がこの場を見たなら、

(丸打屋夫婦、二本松の三人衆が来るのを予測し、待っていた)

と、直感するだろう。

三五郎はさらに言う。いつになく饒舌だ。

「ま、突然のことで驚いたろうが、実は一月近くもめえからずっと悩んでいたことでなあ。最近になってようやく決心がついたのさ」

「引っ越し、引っ越しのことですかい」

嘉助が念を押すように問う。

「ああ」

「また、なんで⁉」

親方の丑蔵から、もし引っ越しなら、その理由をかならず聞いておけと言われているのだ。

耕助も蓑助も三五郎に注目する。

お咲が応えた。

「笑わないでくださいねえ。あんたたちも聞いているでしょう」

「幽霊？　経帷子に角帽子の……？」

耕助が真剣な表情で問い返し、

「そうなの」

お咲は深刻そうに応え、周囲を憚るよう言った。

「近所には黙っていたのですが、庭だけでなく屋内にも新たな幽霊が出るようになりましてね。あたしたちの身もなんだか、日に日に重く感じるようになり、こんなの太平のために絶対よくないと思いましてねえ」

お咲の恐怖を滲ませた言いように、三五郎は幾度も真顔でうなずきを入れ、三人衆はブルルと身を震わせ、顔を見合わせた。

お咲の言葉はつづいた。

「それでいてこの地所から他出したときは、重かった肩が軽くなりましてね」

「どういうことで？」

嘉助が問い、三五郎が応えた。

「つまり幽霊は俺たちに出るのではなく、この土地に出るのだ。理由は分からん。言えることは、このまま俺たちがここに住みつづけたら、やがて俺たちの身そのものにとり憑いてしまう。そうなりゃあ、俺たちはどうなる……」

「太平はまだ幼いせいか、いままで幽霊に気がついていないようでしたが、ここ二、三日は見えるようになったらしいのです。このまま太平まで幽霊にとり憑かれたら……。それを思えばいっそここを引き払い、いずれ遠いところに移ろう……と」

お咲が言い、ふたたび話し手が三五郎に代わった。

「さいわいわが家には貯えがあり、いますぐにでも引っ越しは困難じゃないのだ。ま、夜逃げのようになるかも知れん。そのときはつなぎをとるから、すぐに駈けつけてくんねえ。手伝いの酒手は弾ませてもらうぜ」

「へ、へえ」

嘉助は返した。耕助と蓑助にも異論はない。

三人衆は、この跡地に買い手のあてはあるのか、どのくらいで手を打つ算段なのか、そうした肝心なことは訊かず、急ぐように丸打屋をあとにした。

得た話は木戸番小屋にも知らせることになっているが、ひと呼吸でも早く二本松の親方に報せたい。大手柄として褒められるはずだ。

四

「あっ、あのお三人さん。また……」

空の盆を小脇に、坂のほうへ目をやっていたお千佳が声を上げた。

その場にいた翔右衛門、杢之助、仙蔵がいっせいに坂道に視線を投げた。

二本松の三人衆が背の竹籠をうしろ手で支えるようにして、坂の中ほどから走って来る。

「あいつら、思ったより早えですぜ」

「なにかあったに違えねえ」

仙蔵が言ったのへ、李之助がうなずくようにつないだ。

翔右衛門を交えた三人で縁台に座り、

「いまごろ……」

と、嘉助ら三人衆の首尾を話し合っていたところだったのだ。

李之助と仙蔵は縁台から立って迎え、

「さ、部屋のほうへ」

翔右衛門が言うと、嘉助が息せき切って、

「いや、ここで」

と、縁台の前に立ったまま、丸打屋に訪いを入れると亭主の三五郎が出て来て、まるで待っていたように玄関に招じ入れられ、おかみさんのお咲まで茶を出して同席したことを早口に語った。

「ほう、どういうことだ」

「それで向こうはなにを話した」

と、杢之助と仙蔵が問いを入れ、翔右衛門も返事を待つように嘉助を凝視した。

「あ、お三人さん。いま、お茶を用意しますからね」

「いや、急いでいるので」

お千佳が言ったのを嘉助は手で制し、引っ越しは二、三日中で、原因は幽霊怖さからであることなど、三五郎とお咲の語った内容を話した。

「えぇえ！　幽霊にとり憑かれそうなので引っ越し!?」

声を上げたのは、通りすがりの町内のそば屋のおかみさんだった。慌てているような三人衆を見かけ、ちょいと歩をゆるめ聞き耳を立てたのだ。

「へえ、そうなんで」

耕助がおかみさんに返し、

「早う二本松に」

蓑助が急かし、三人衆は駈けるように街道に飛び出し、車町のほうへ去った。そば屋のおかみさんも、急ぐようにその場を離れた。話はすぐにも町中に広まるだろう。うわさの種として、これほど人の興味を惹くものはない。

その場に残った翔右衛門と杢之助と仙蔵の三人は、まだ縁台の前に立ったままだった。

「あいつら、二本松の親方に早う報せてえんでやしょうねえ」

「おそらく」

仙蔵の言ったのへ杢之助が応じ、

「これは丸打屋さん、動き出しやしたねえ」

と、翔右衛門に視線を向け、仙蔵に、

「出番だぜ。確かめて来てくんねえ」

「がってん」

仙蔵は返し、道具箱を肩に丸打屋に向かった。

二本松の三人衆が丸打屋に訪いを入れてから仙蔵が顔を出すのは、当初からの策の内だった。

「私はこのことを総代さんに」

と、翔右衛門は手代を門竹庵に走らせた。

果たして仙蔵も丸打屋で、玄関口だが歓待された。

「さっき近くで馬糞集めの若い衆から聞いて驚きやしたよ。引っ越しなさるんですって？　どこか緊急に直しておく棚や床でもありゃあ、ご用命くだせえやし。すぐに取りかからせてもらいまさあ」

と、持ちかけたのだ。

お咲が、

「これは大工さん。頼むところがあるかも知れません」

と言い、訊きもしないのに、

「幽霊にとり憑かれそうで……」

と、引っ越しの理由を語り、三五郎は、

「急なことで、大工の修繕仕事はあしたまた来てくんねえか」

と、職人言葉で応対した。

（嘉助らの話、本当だった）

仙蔵は確信し、翔右衛門と杢之助の待つ日向亭の縁台に引き揚げた。

ちょうど、門竹庵細兵衛が来たところだった。

細兵衛は日向亭の手代が来ると、待っていたように草履をつっかけた。手代は用件を伝えに出向いたというより、細兵衛を迎えに行ったかたちになった。それほどにいま、泉岳寺門前町は動いているのだ。

仙蔵は重い大工道具箱を担いだまま速足で近づきながら、

「ほんとでやした、やつらの話」

細兵衛も来ているのに気づくと、

「あ、総代さん。ちょうどよござんした」

「うむ。大事な話になりそうですねえ」

町役総代の門竹庵細兵衛が得心したように言うと、

「ここじゃなんですから。さ、中へ」

翔右衛門は暖簾の奥を手で示した。

座を木戸番小屋ではなく、日向亭の奥の間に移し、

「ご免なさんして」

と、端座する翔右衛門と細兵衛の前であぐら居になった仙蔵は、

「さっきも話しやしたとおり、嘉助たちの言ってたこと、驚きですぜ。寸分違わずほんとうで」

上体を前にせり出してくり返し言った。

「分かったぜ、仙蔵どん。さあ、総代さんのめえだ。最初から順を追って聞かせてくんねえ」

りを語った。

「おう」

おなじあぐら居の杢之助が言ったのへ仙蔵は返し、さきほどの丸打屋でのやりとりを語った。

「ふむ」

「なるほど」

と、細兵衛も翔右衛門も杢之助も、相槌(あいづち)を打ちながら聞き入った。果たしてその内容は、嘉助たち三人衆の語った内容を裏付けている。

仙蔵の話が一段落ついたところで、

「間違いないようですね。幽霊が怖くてというのは解(げ)せませぬが、〝わが家には貯えがあり〟と丸打屋さんがあらためて言ったのが、重く引っかかりますねえ」

細兵衛が言い、翔右衛門も語った。

「だから嘉助どんたち三人は、急いで二本松の丑蔵親方へご注進に行ったのでしょう。ここを飛ばさずよく立ち寄ってくれました」

杢之助は無言のままうなずいた。三人衆が二本松に帰るより早く、木戸番小屋と日向亭が途中に位置しているとはいえ、立ち寄ってくれたことをありがたく思っているのだ。

日向亭は街道に面した出入り口は車町であり、門前通りに面したほうは泉岳寺門前町なのだ。その配置から亭主の翔右衛門は、車町と泉岳寺門前町の両方の町役を兼ね、二つの町を結びつける役をも担（にな）っている。だから細兵衛や杢之助以上に、車町の二本松の丑蔵の動きには気を遣（つか）っているのだ。

「あっしも三五郎旦那の話を聞きながら、総代の細兵衛旦那とおなじことを感じやしたよ」

仙蔵は言った。丸打屋の三五郎の口から出たという〝わが家には貯えがあり〟の件だ。

仙蔵はつづけた。

「ありゃあ引っかかりまさあ」

細兵衛と翔右衛門はうなずいた。

百年まえの盗賊が、今の泉岳寺門前町のほとんどが雑然とした樹間に灌木群の斜面であったころ、切羽詰まってその一角に埋めたという千両が、丸打屋の広い灌木群の庭から出た。

（丸打屋はそれを隠匿（いんとく）し、額が額なものだから恐ろしくなり、おりからの幽霊騒ぎを利用し町から逃げ出そうとしている）

李之助も嘉助ら三人衆の話を聞いたとき、それがまず脳裡に浮かんだ。

だが、仙蔵が丸打屋から聞かされた話も、まるで判を捺したように嘉助たちの話と寸分違わず、しかも〝幽霊怖い〟が強調されている。

千両も、しかも由緒ありげな元禄小判で出てきたのを隠匿すれば、事の重大さに緊張や恐怖を覚えるはずだ。幽霊の架空の怖さに、

（ご法度から来る恐怖を、転嫁しようとしている……？）

その脳裡は激しく展開した。

李之助は丸打屋が庭から千両を掘り起こしたことに、疑問を持ち始めている。

（仙蔵どんがそこに気づかないのは、直接の聞き込みで嘉助たちの話を裏付けることができた。そのことについ満足し、本来の勘働きが鈍ったか）

思えてくる。

千両もの気の遠くなるほどの大金に、〝わが家には貯えが〟などと、

（日常的な表現をするだろうか）

そこである。

周囲はそうした李之助の変化に気づかない。

「木戸番さん、どうでしょう」

翔右衛門が言った。

「二本松の三人衆が丸打屋さんに引っ越しの手伝いに行ったとき、また仙蔵さんが修繕をしておく箇所はないかご用聞きに行ったとき、木戸番さんも一緒に行って丸打屋さんに怪しい動きがないか、気を配るというのは」

「あ、そりゃあいい。木戸番さんが一緒なら、あっしも心強うございまさあ」

仙蔵が応じたのへ細兵衛がすかさず言った。

「それでは遅いですよ、日向亭さん」

「えっ」

日向亭翔右衛門は驚いたように門竹庵細兵衛に視線を向けた。

細兵衛は言う。

「私たちの目的は、この町からご法度に背く者を出さないことです。引っ越しの準備を始めてからでは」

「あ、そうか。そのとおりです。遅すぎますねえ」

翔右衛門は得心した。

（ふむ）

杢之助も細兵衛の言葉を解し、

「なるほど」

仙蔵もうなずいた。

この面々がきのうきょうと談合をくり返すのは、丸打屋がみずからお上に届け出てお褒めの言葉をもらうように仕向けるためである。もちろん丸打屋にはお上から褒美が出るであろうし、泉岳寺門前町を舞台にした物騒なお宝伝説を終わりにすることもできる。

それを引っ越しの途中に不審な点を見つけたのでは、それこそ火盗改に通報しなければならない。火盗改の与力や同心が木戸番小屋を詰所にし、六尺棒の捕方も出張り、門前町は騒然となるだろう。

（避けねばならない）

いま日向亭に膝を交えている面々は、いずれも騒ぎを望んでいない。仙蔵もこれによって手柄を立てようなどと思っていない。杢之助とおなじ思いだ。町の平穏である。この点、仙蔵は火盗改の密偵ながら、この町の町役たちや木戸番人に心酔しているようだ。

杢之助は口にこそ出さないが、

（お上が市中に放った、密偵の本来を見ているようだ）

と、爽やかなものを感じている。

翔右衛門はさらに言った。

「なお心配なことが……」

札ノ辻と車町の人宿である浜風と二本松が手を組み、幽霊話をながして丸打屋の地所の一部を買い、そこを拠点にお宝探しを目論んでいたことなど、いま膝を交えている四人は、とっくに見通している。だが、事態は変わった。

「浜風の猪輔旦那も二本松の丑蔵親方も、悪党じゃありません。むしろ善人です。それが古い書付けが出てきたばかりに……」

「ふむ。確かに心配です」

さすがに町役総代の門竹庵細兵衛である。翔右衛門の懸念を解した。

もちろん杢之助も仙蔵も気づき、

「うっ」

と、二人同時に低くうめくような声を洩らした。

札ノ辻に暖簾を張る浜風の猪輔と二本松の丑蔵が、

(このまま大人しく、泉岳寺門前町から手を引くか)

である。

こたびの騒ぎは、浜風の猪輔が先祖から伝えられたという書状のなかに、百年まえの書付けを見つけたことから始まっているのだ。

五

「急げ！　俺たちゃ、こっちが本命だぞ」

「へえ」

嘉助は叱咤し、耕助と蓑助も小走りになっている。

三人とも背の竹籠にきょうの収穫はなく、空である。

だが丸打屋への聞き込みは、大成果を挙げたのだ。親方の知りたいことを慥と聞き取った。

それでも三人衆が木戸番小屋への報告を抜かさなかったのは、日ごろの杢之助への信頼からであろう。

「親方ーっ」

三人は二本松の玄関に駈け込んだ。

丑蔵は報告を聞き、

「よしっ、その話、札ノ辻にも知らせてやらにゃならん。嘉助、一緒に来い」

嘉助一人をともない、外に飛び出した。

「あのう、あっしらは」

「おめえら、いつもの仕事を忘れるな。町のためだ」

「へ、へえ」

耕助と蓑助はふたたび竹籠を背にした。

丑蔵はただでさえ大柄で目立つ。そこへ若い者を三人も引き連れ高輪大木戸を抜け、府内の街道を急いだのでは往来人がふり返るだろう。供は嘉助一人で十分だ。町駕籠を拾おうにも、体が駕籠に入らない。

「親方、さあ」

と、嘉助がうしろから丑蔵の腰に手をあてて押す。

「おぉう」

と、丑蔵の背筋は伸び、これがきわめて効く。

すれ違い、果たしてふり返る往来人もいる。あるじと若い奉公人の、ほほえましい姿だ。

こざっぱりとした人宿浜風の玄関に飛び込んだ。

まだ午前（ひるまえ）だ。

遣（つか）いの者ではなく、丑蔵の直接のお出ましに猪輔は驚き、

「どうしなさった。さ、中へ」

と、奥の間に案内した。

丑蔵には嘉助が従っており、猪輔は手代の次助を同席させた。幽霊の発案者で、経帷子に角帽子を着け演技まで見せたのはこの次助である。浜風の猪輔は二本松の丑蔵が急ぎ来たのを見て、（泉岳寺の丸打屋に動きがあった）ことを覚（さと）った。

お茶で口を湿らせ、来客二人の息が正常に戻るのを待ち、

「さあ」

話をうながした。

四人ともあぐら居で、話しやすい雰囲気だ。

丑蔵は言った。

「嘉助、おめえの見てきたこと、俺にさっき話したこと、浜風の旦那とお手代さんに話して差し上げろ」

「へえ」

嘉助は勇んで話した。日向亭の縁台と二本松と、さらにいま札ノ辻で、話も三度目になれば、うまくまとめて話すことができた。

「なんとまあ、あっしの幽霊がさように効きやしたのか」

と、手代の次助は驚き喜んだ。

ここでも嘉助は三五郎が言った〝わが家には貯えがあり〟を慥と語った。

「どう思いなさる」

と、丑蔵は猪輔と次助に質した。

門前町では門竹庵細兵衛、日向亭翔右衛門それに仙蔵も、書付けにあったという〝千両〟が念頭にあった。だから〝わが家には貯えが〟を、三五郎が千両を庭から掘り起こしたと即座に解釈したのだ。

〝千両〟については、門前町の面々より浜風と二本松のほうが、はるかに思い入れがある。人宿二軒の連携は、そのためだったのだ。問いかけた丑蔵も問われた猪輔も、すでに答えを出している。そのために奔走した次助にいたってはなおさらである。

次助が喙を容れた。

「今夜にでも、丸打屋に探りを入れてみやしょうか。幽霊の真似はしやせんが」

「その必要はない」

猪輔が真剣な表情で言った。丑蔵も真顔のままだ。この場に冗談の入る余地はなさそうだ。

「しおらしい言いようだが、〝わが家の貯え〟がその〝千両〟であることに間違いはなかろう。てめえっちの庭から出たから、〝わが家〟なのだろうよ」

さらに猪輔は深呼吸をし、

「まったく遅れを取ってしまいましたわい。この百年のなかで、あと幾月か早う書付けに気づき、手を打っていたなら……」

部屋には沈痛な空気がながれた。

大柄な丑蔵が言った。

「こたびの差配は猪輔旦那だ。どうなさる。このまま丸打屋がいずれかへ千両とともに遁走こくのを、指をくわえて見ていなさるか」

「いや。見逃しはしやせん」

猪輔の口調から商人言葉が消え、伝法なもの言いに変わっていった。もっとも丑蔵には、そのほうが話しやすい。

「えっ、まさか丸打屋に探りどころか、打込みを！」

丑蔵が言ったのへ嘉助が驚いたように返した。

「親方、よしてくだせえ！　あの町にゃなんとも言えねえ木戸番さんが」

「早トチリするねえ」

丑蔵はすかさず返し、

「あの木戸番さんのいなさる町で、ふざけた真似など打てやせんやね。それよりも猪輔旦那に、なにやらまともな算段がおありのようだ。どうですかい」

と、視線を猪輔に据えた。

「ありやす」

猪輔は返した。

「賜(たま)わりやしょうかい」

大柄な丑蔵にうながされ、中肉中背の猪輔は語り始めた。聞くほどにそれは、この場でのとっさの思いつきとは思えないほどのものだった。

「二本松の若い人、嘉助どんと言ったかい」

「へえ」

嘉助はぴょこりと頭を下げた。

「さっきの話によりゃあ、若い衆三人で行きなすって、丸打屋さんはおめえさんら三人に引っ越しの手伝いを頼みなすったとか」

「あしたまた三人そろえて、丸打屋へご用聞きに出すつもりだ」

丑蔵が応え、

「へえ」

嘉助はうなずいた。

猪輔があぐら居のまま、上体を丑蔵のほうへかたむけた。

「三人の若い衆が、二本松の手の者であることを、丸打屋は知っていなさろうか」

「そりゃあ知ってまさあ。丸打屋に限らず、車町や門前町の住人なら誰でも」

「そりゃあよござんした。三人の若い衆があしたご用聞きに行くとき、あっしを丸打屋に引き合わせておくんなせえ」

「えっ、猪輔旦那が直截に丸打屋へ⁉　それで、どうしなさる？」

「ふふふ、二本松の。あっしを信じて一枚嚙んでくだすったのは、あの百年めえの書付けがあったからでござんしょう」

浜風の猪輔は自信ありげに返し、

「丸打屋にもその書付けを見せますのじゃ」

「あっ」

二本松の丑蔵は大柄なからだ全体で返した。猪輔の意図を解したのだ。

手代の次助も解したようだが、嘉助はきょとんとしている。三人衆の兄貴分であってもまだ十七歳で、人の世の諍いをかいくぐった経験に乏しければ、仕方のないことだ。

浜風も二本松も人宿を備えた口入屋であれば、武家奉公から荷運びの人足まで扱い、ときには商家の用心棒まで口入れする。やくざの喧嘩出入りで頭数をそろえたこともある。浜風も二本松もだ。

そうした人の世の裏街道も知っている二人であれば、二本松が浜風のお宝探しに乗ったように、こたびも双方がうなずきを交わすのは早かった。

丸打屋の夫婦が百年まえの書付けを見れば、そこには千両箱が消えた経緯らしいことも、およその場所も記してある。

三五郎もお咲も気づくはずである。

(元禄小判の千両を掘り起こしたこと、お見通しですぜ)

丸打屋へ告げるのも同然となる。

丸打屋は言うはずである。

『何が言いたい』

浜風の猪輔は返す。もちろん牛のような体軀で押しの利く二本松の丑蔵も同席している。

『狙っている者はほかにもいやすぜ。独り占めは危ねえ。どこへ遁走こく算段か知らねえが、落ち着くまで用心棒をさせてもらいやしょうかい』

丸打屋は断われば身の破滅どころか、殺されかねない。揉めておもて沙汰になれば火盗改に踏み込まれ、罪人としてお縄を受けることになる。

（太平はどうなる）

そこまで思えば、丸打屋夫婦に選択肢は一つしかない。

千両を隠蔽するために引っ越しの動機を〝幽霊〟に求め、それを町に広めるため牛馬糞集めの三人衆に引っ越しの手伝いまで頼んだ。その措置が、二本松の丑蔵のみならず百年まえの書付けを持った浜風の猪輔まで呼び込んでしまった。夫婦は悔いながら、用心棒代の額の交渉に入らねばならない。用心棒代というより、口止め料といったほうが当たっていようか。

猪輔と丑蔵は目を合わせた。

元資(げんし)は千両、しかも元禄小判だ。

(十両、二十両のはした金じゃあるめえ)

(百両単位だ)

まるで目と目での禅問答だ。

(多くを要求し過ぎて、三五郎やお咲がごねては面倒だ)

(半分の五百両は残しておいてやろうかい)

ようやくそこに落ち着いた。

嘉助も解したようだ。思わず言った。

「そんなの、強請(ゆすり)、強請じゃありやせんかい」

驚いたように、かつ詰(なじ)る口調だった。自分がかつて耕助と蓑助を引き連れて東海道をながれて来て、高輪界隈で往来人に荒稼(あらかせ)ぎをしかけ、杢之助に抑(おさ)え込まれたことなど、すっかり忘れている。二本松の人宿に入り、丑蔵に言われて町場で牛馬糞集めをし、町の人々に感謝されることに自分たちの存在感を覚えるようになっている。

杢之助はそこに、

(――やつら、もともと悪党などじゃない。境遇がやつらを狂わせた。丑蔵親方の

訓導も、大したものよ）

と、畏れ入り、感心している。

ところがいま〝用心棒〟に名を借りた〝強請〟である。

喰ってかかろうとする嘉助に、丑蔵は言った。

「おめえの性根、嬉しいぜ。だがよ、お宝探しの成り行き上、こうなっちまってしまったと思いねえ。なにしろ元禄小判で千両だ。料簡せい。人を殺めたり脅したりするのじゃねえ」

「そういうことだぜ、嘉助どん。たまたま成り行きでこうなっちまったのさ」

「へ、へえ。なり、成り行きでござんすかい。二本松に帰ったら、耕助と蓑助にもそう話して……」

次助が言ったのへ、嘉助は返した。

こうした仕事の運びは、どんな端役でも呼吸が合っていなければ齟齬を来たす。

嘉助はしぶしぶ得心する以外なかった。

浜風の奥の間に、やわらいだ風が吹いた。

そこに、

「で、いつやりやすので。嘉助どんの話じゃ、門前町の町役さんたちや、さっき話に出た木戸番たちにも、引っ越しの話は伝わっているとか。動機が〝幽霊〟などと信じているはずはねえと思いやすが」

次助が言ったのへ二本松の丑蔵がすかさず返した。

「それよ。俺もさっきから気になっておるのよ。門前町の町役も木戸番も、ともかく一筋縄（ひとすじなわ）じゃいかねえ。引っ越しの不自然さに気づき、どう動くか」

「さっきから木戸番がよく出て来やすが、町役ともども、あの門前町にゃそんなうるさいのがそろっておりやすのかい」

浜風の猪輔が問いを入れた。丸打屋の弱みにつけ込み、用心棒代で五百両もくすねようというのだ。もの言いが商人ではなく、すっかり伝法な口調になっている。ここではそこにかえって違和感はない。

ともかくどんな横槍（よこやり）が入り、丸打屋夫婦がどう変わるか予測がつかない。丸打屋はいま、

（千両を抱え込み、薄氷（はくひょう）を踏む思いになっている）

門前町の町役たちも、車町の二本松も、札ノ辻の浜風も、疑いなくそう思い込んでいる。しかも元禄小判である。金の含有量が薄められた天保の世であれば、額面の倍に近い価値はあろう。

「仕掛けは、早いほうがいい」

二本松の丑蔵が言ったのへ、

「ふむ」

浜風の猪輔はうなずいた。

三人衆がきょう朝早くに丸打屋に顔を出し、門前町の町役と木戸番人に首尾を早口で語り、車町の二本松に帰り嘉助が丑蔵に従って札ノ辻の猪輔を訪ねた。動きはめまぐるしいが、時間はまだ午前(ひるまえ)だ。

「いまから行きやすかい」

次助が言い、座の一同は腰を上げた。

嘉助が丑蔵に言われ、さきに浜風の玄関を飛び出し、二本松に向かった。

陽はもう、中天にかかっていた。

六

おもて向き、日向亭の縁台は落ち着きを取り戻し、いまでは参詣客が数人、座って茶を喫(の)んでいる。

杢之助も木戸番小屋に戻り、すり切れ畳にあぐらを組んでいる。

門竹庵も日向亭もやはり気になるのか、いったん仕事に戻ったものの、ときおり奉公人をさりげなく丸打屋の近くに走らせ、変わった動きはないか探らせている。それも日向亭の奥の部屋で話し合ったのだ。

「――あからさまに丸打屋さんを説得しようとすると、かえって騒ぎになるかも知れやせん。ここはひとつ、そっと見守り、三五郎さんたちの新たな動きを見極めるのがよろしいかと」

杢之助が提議し、細兵衛と翔右衛門が承知したのだ。もっとも承知する以外、なす術はなかった。

仙蔵もあらためて物見に出て、さっき木戸番小屋に戻って来たばかりだ。

「通いの職人も奉公人もすべて暇を出したって言いやすから、まったくそのとおりで丸打屋は閑散としてまさあ。引っ越しに間違えねえようで」

言いながら道具箱をすり切れ畳の上に置き、自分も上がり込んだのだった。

仙蔵はさらに言う。

「日向亭さんで話し合ったとおり、門竹庵や日向亭のお手代さんたちも出張って、近辺を徘徊しておいででやしたが、あれじゃ丸打屋さん、けえって警戒するばかりでさあ」

「ほう。それで丸打屋は……？」

「さっき閑散などと言いやしたが、悠然と構えていると言ったほうが当たっていやしょうかねえ」

「悠然と？」

「さようで。千両も掘り当てたんじゃ、猫ババのでき心は分かりまさあ。したが、恐くもなりまさあ」

「うむ」

　杢之助は丸打屋のおこないを肯是し、仙蔵はつづけた。

「誰しもその場で遁走を考え、悠然と幽霊など小ざかしい細工をする余裕などねえはずでやすがねえ」

「それが、……あった？」

　いま木戸番小屋の中は、杢之助と仙蔵の二人だけだ。二人とも若い三人衆の次の動きを気にしながらも、いま札ノ辻で浜風の猪輔と二本松の丑蔵が、丸打屋に用心棒の話を持ちかけようと画策していることに気づいていない。

「仙蔵どん、おめえの疑問、分かるぜ。引っ越しが事実だとしても、百年めえの千両が現在の世に出てきて持ち逃げ……？　丸打屋の引っ越し、本当に幽霊が原因だったりして」

「あははは。木戸番さんも千両が信じられねえ……」

と、さすがに杢之助と仙蔵で、ここには冗談の入り込む余地がある。

仙蔵はつづけた。

「大名家が盗賊に千両も持ち逃げされ、そのまま取り戻せなんだなど……」

「そう、百年めえでも不思議なことさ」

杢之助がつないだ。

仙蔵がまた言う。

「実はあっしも、はじめは引っ越しが事実かどうかにのみ気を取られておりやしたが、よくよく考えてみりゃあ、千両もの大金がこの近辺に百年も眠ったままなんてのは信じられやせん」

「ほう」

杢之助はうなずいた。やはり仙蔵も疑念を持ったのだ。

「そこで、きょうじゃありやせんが、あっしが出入りさせてもらっている、捕物好きのお旗本の旦那に訊くなどして、ちょいと調べてみやしたよ」

「ほうほう」

杢之助はあぐら居のまま、仙蔵の顔をのぞき込むように上体を前にかたむけた。そもそも杢之助には、仙蔵が千両騒動に疑念を感じていないようすが不思議だったのだ。

杢之助はその捕物好きの旗本が、火盗改の専従の与力であると予測している。そのとおり、加役ではない熟練の与力なのだ。

仙蔵はつづけた。

「どこの大名家かは知りやせんが、千両も盗賊に持ち逃げされたなど、この上ねえ恥でさあ。一帯に探索の手を入れることさえ、はばかられるくらいに」

「だろうなあ」

「伝わっているところじゃ、大名家の武士団は盗賊どもに追いすがり、つぎつぎと斃(たお)して金子(きんす)も大半を奪い返してまさあ。千両箱が一つ足りなかったなら、それこそ手練(てだ)れをくり出したはずでさあ」

「そこんところは、なにも伝わっちゃいねえぜ」

「あっしの出入りのお旗本がおっしゃるにゃ、その大名家は秘かに盗賊どもを始末して千両箱を回収し、あとは何事もなかったようにふるまっている。それが大名家だってんでさあ。うわさにも残らねえように、と」

「なるほど」

と、仙蔵の話は杢之助にも参考になる。なにしろ火盗改の与力の見立てなのだ。問いを入れた。

「しかし、書付けは本物じゃなかったのかい」

「そう、本物でやしょう。最後の盗賊が、生きたい一心で隙をみて認めた。それが千両ともども武士団の手に渡った。千両は奪い返したんだから、書付けなんざもうどうでもいい」

「そうなるなあ」

「その書付けは武士団からお供の足軽の手に、それからさらに下僕の中間の手に渡った。なにやらいわくありげな書付けで、中間は捨てるに捨てられなかった。札ノ辻の浜風の初代はその昔、お武家の中間が屋敷を出て口入屋の看板を掲げたっていうのを売りにしていやすからねえ。そこからひょっこり百年めえの書付けが出てきても、不思議はありやせんや」

「ふーむ。つまりだ、実体がすでにねえのに、書付けが本物だったばっかりに、浜風の猪輔旦那と二本松の丑蔵親方が躍りだし、そこに泉岳寺の町役さんたちまで真剣に対応しなすっている」

「そういうことになりやすねえ」

「するとだ、商いの拡張に乗り出そうとしていた丸打屋さんが、なんでいきなり引っ越し？　幽霊の話は一月もめえからで……」

「さようで。ありゃあ口入屋の浜風がその気になり、二本松もつるんで庭の一角を買い取ろうとした茶番劇で」

「だろう。ところが引っ越しの話が出てきたのは、ここ数日だぜ。そこんとこを、おめえの出入りしてるってえお旗本、何か言っておいでじゃなかったかい」

「急なもんで、まだ訊いちゃおりやせん」

「そうか。どう解釈なさるか、聞きてえもんだなあ」

言っているところへ、

「さっきから仙蔵さん、来ておいでのようで」

言いながら開け放された障子戸の敷居をまたぎ、三和土に立ったのは日向亭の翔右衛門だった。

「これは日向亭の旦那。さきほどはお世話になりやした」

杢之助はあぐら居のまま腰を奥に引き、すり切れ畳を手で示し、仙蔵も翔右衛門の座をつくるように腰を引いた。

「それじゃ、上がらせてもらいますよ」

と、三和土に草履をそろえた。翔右衛門は仙蔵が戻って来ているのを見かけ、話があって木戸番小屋の敷居をまたいだのだ。

端座ではなく、着物の裾を割ってあぐら居になった。杢之助も仙蔵も端からあぐらであり、木戸番小屋であればそのほうが自然で話もしやすい。

「さっき日向亭の手代も丸打屋さんの近辺から戻ってまいりましてな」

翔右衛門は話しはじめた。

「お茶を持ってまいりました」

お千佳だ。盆に急須と三人分の湯呑みが載っている。いつもよく気が利く娘だ。

翔右衛門が木戸番小屋に上がり込んだとき、お千佳にとって木戸番小屋も日向亭の一室になる。

三人は口を湿らせた。

すでに陽は西の空に入っている。

「手代は丸打屋さんの近くで、門竹庵のお手代さんとも仙蔵さんとも会ったと言っておりました」

「へえ。確かにあっしも幾度か見かけやした」

仙蔵は返した。

浜風の猪輔と二本松の丑蔵は、まだ来ていないようだ。来れば嘉助ら若い衆を引き連れているだろうから、嫌でも目につくはずだ。

「手代が申すには、丸打屋さんには不気味なほど動きはなく、家財をまとめているようすもないとのことですが、実際はどうなのでしょう。仙蔵さん、今日このあとにでも家屋の修繕はないか、直接中を覗いてみてくださいませんか。このまま秘かに二本松の三人に手伝わせ、夜逃げのように引っ越しされたんじゃ、あとで町がどんなお咎めを受けるか、知れたものじゃありません」

翔右衛門はまだ、丸打屋を元禄小判の千両と結びつけている。門竹庵細兵衛も同様である。だがそれをいまここで翔右衛門に質しても、本当の引っ越しの動機が判らないのでは意味がない。

仙蔵は言う。

「そりゃあ、あとで行ってみやすがね。したが、向こうさんに警戒心を強めさせるだけになるかも知れやせんぜ。お手代さんたちが近辺をうろついていなさるのを、あっしも含めてでやすが、とっくに気がついておりやしょうから」

「今宵ひと晩、仙蔵どんに番小屋へ泊まってもらい、夜まわりも一緒に行ってもらい、深夜に探りを入れてみますさあ。どうだろう、仙蔵どん」

李之助がつなぎ、仙蔵に視線を向けた。

仙蔵は応じた。

「そうさせてもらいやしょう。きょう動きはもうないでしょう。あれば夜でやしょう。そのときは至急、日向亭さんにも門竹庵さんにも報せまさあ。そうなりゃあ駈けつけてくだせえ」

「はい、お願いします。千両を隠しての夜逃げは、なんとしてもやめさせなければなりません」

翔右衛門は強い口調をつくり、

「街道の揉め事など、いくらでもこの町に伝わって来ますのに、百年まえの事件がいまの世に降りかかろうとは」

嘆息するように言った。

李之助は問い返した。

「儂が此処の番小屋に入らせてもらってから、街道にそう大きな騒ぎがあったと聞いちゃおりやせんが、よくありやすので？」

「いつもじゃありません。掏摸（すり）だの往来人の喧嘩だのは珍しくありませんが、十年に一、二度は、人の命にかかわるような騒ぎも起きていますよ。なにぶん品川宿とお江戸のあいだですからねえ。そうそう、物盗り（ものと）の斬った張ったで人の血を見た騒ぎは、三十年ほどまえにもありましたなあ。私がまだ若いころ、街道で夕方近く、幾人かの斬り合いですよ」

「ほーっ、どんな」

李之助は興味を示し、翔右衛門はつづけた。

「騒ぎはすぐ近くで、夕刻から夜にかけてでしたから、翌朝早くに現場を見に行きました。もちろん死体はありませんでしたが、地面に血の跡がべっとりと……。もう、足が震えましたよ」

「それで？」

「はい、詳細は知りませんが、あのときもあとで咎人（とがにん）が挙げられたなどは聞いちゃおりません。うやむやに終わったようで、百年まえの事件より規模は小さく、すっかり忘れていました。久しぶりに思い出しました。まあ、あと味の悪かったことだけはよく覚えております」

翔右衛門はひとしきり思い出話をすると、

「今宵、ともかくお願いしましたよ。このこと、門竹庵さんにも報せておきましょう。どんな深夜でも、私も門竹庵さんも連絡があればすぐに駈けつけますよ」

　腰を上げ、三和土に下りた。

　杢之助は腰を浮かして見送り、ふたたび仙蔵とあぐら居のまま向かい合わせになった。

「街道もけっこう騒ぎがあるようだが、日向亭の旦那も門竹庵の旦那も、大したお方たちだ。総代さんなんだから他の町役さんたちにも動員をかけりゃ、十人くれえは集まって仕事が分担できようものを、日向亭と門竹庵の旦那の二人だけで始末をつけなさろうとしておいでじゃ」

「できるだけ騒動にならねえよう、穏便に収めようとしてなさるのでやしょう。町役さんら全員に動員をかけりゃ、町じゅう大騒ぎになりやすからねえ。ご門前の門竹庵さんも、町の入り口の目印になっている日向亭さんも、泉岳寺門前町の町役という自覚が、人一倍ありなさるのでやしょう」

「そうだな。儂もいい町役さんたちがいなさる町の木戸番小屋に入れたものだ」

「そのようで」

　二人は同意のうなずきを交わした。

安堵のうなずきではない。二人が考える、丸打屋の本当の引っ越しの原因が、まだ判っていないのだ。

七

陽は西の空にかたむこうとしている。

「町役さんたちを安心させるためにも、もう一度ちょいと見て来まさあ」

仙蔵は腰を上げた。

自分でも気になるのだろう。ふたたび重い道具箱を肩に番小屋を出る仙蔵の背を見送り、

（さすが）

杢之助は感心した。二回、三回とたてつづけにおなじところをまわるのなら、重い道具箱など最初の一回だけでよさそうなものなのに、仙蔵はそのつど肩に担いでいる。それが杢之助の目には〝さすが〟なのだ。

見まわりではない。あくまで大工仕事のご用聞きなのだ。肩に道具箱がなければ住人から奇異に思われる。だからどんな些細（ささい）な見まわりでも、二度目三度目でも面

倒くさがらず、重い道具箱を肩に載せる。それこそ火盗改密偵の見まわり役に徹している所行だろう。

仙蔵は鉢巻(はちまき)に腰切半纏(こしきりばんてん)を三尺帯で決めた職人姿で、ふたたび丸打屋の近くに足を入れた。

(ん？　あれはっ)

丸打屋の庭の樹間に、嘉助ら三人衆の姿があった。なにをするでもなく、時間をつぶしているようだ。

(ということは、屋内に二本松の丑蔵親方が)

三人衆に声をかけようとした。

思いとどまった。二本松の動向も、探索対象なのだ。

近辺に聞き込みを入れた。いずれもすでに顔見知りになっている。大工仕事はないか、声はかけやすかった。

二本松の丑蔵ともう一人、商人風の男がいつもの三人衆と一緒に丸打屋の玄関に入って行ったという。年格好を訊けば、

(なんと札ノ辻の猪輔旦那では！)

札ノ辻の口入屋浜風から出てきた書付けが、そもそもの発端になっていることか

ら、およその年格好を聞いただけでその顔が念頭に浮かんだのだ。

三人衆は竹籠を背負っておらず、引っ越しの手伝いの打ち合わせで連れて来られたことが予測される。

(そこに札ノ辻の猪輔旦那が、どう絡んでいる)

一行は来るとき、木戸番小屋の前を通らなかった。通路はいくつもあるが、

(意図的に木戸番小屋を避けた)

とも考えられる。

直接訪いを入れ、丸打屋の中のようすを探ってみようと思ったが、遠慮することにした。重い道具箱を担いでいるとはいえ、いかにもようすを探りに来たように思われるだろう。これからさき三人衆から情報を得ることに、支障を来たしてはならない。

(ともかく向後のことは、ひとまず木戸番さんと相談してから)

念頭にある。近辺をさらに一巡し、丑蔵と猪輔らしい人物、それに三人衆の一行が丸打屋を出たのを確認してから、木戸番小屋に戻った。このとき仙蔵は、もう一人の人物が浜風の猪輔であることを、自分の目で確認した。

陽はすでに、西の空にかたむいている。

「おぉう、けっこう時間かけたようじゃねえか。成果はあったかい」

　李之助はすり切れ畳の上に腰を浮かせた。

「へへ、大ありでさ。ただし問題解決じゃのうて、新たな問題発生ってところでやして」

　仙蔵は言いながら道具箱を肩から降ろし、ふたたびすり切れ畳に上がってあぐらを組み、

「驚きやしたぜ」

　と、二本松の丑蔵と札ノ辻から来た浜風の猪輔が丸打屋の屋内に入り、嘉助ら三人衆が庭の樹間にたむろしていたことを話した。

　李之助は、

「ほう、三人衆は引っ越し手伝いの打ち合わせだろうが、外に出されていたということは、丑蔵親方と札ノ辻の旦那は、なにかよからぬ話、強請まがいの話を丸打屋に持ちかけていたな」

　と予測はしたが、用心棒の話で五百両の口止め料をせしめようとしていたことまでは想像できなかった。

　ただ、仙蔵が浜風の猪輔の顔を確認したとき、

「かなり離れた所からでやしたが……」

と、丑蔵と猪輔が苛つき、若い三人衆がその二人に近づくのさえ恐れているようなようすだったことを語った。

「そりゃあきっと札ノ辻の旦那と丑蔵親方は、百年めえの千両を種になにごとかを持ちかけ、うまくいかなかったからだろう」

杢之助が言ったのへ仙蔵も、

「あっしもそう思いやした」

と、そのときの直感を話し、

「そこで仕事の拡張を捨てての、急な引っ越しのほんとうの原因が語られたかも知れやせんぜ」

「いや。そうなら札ノ辻の旦那も丑蔵親方も苛つくようなことはなく、穏やかな顔になっていたことだろうよ」

「だったら、どのような……」

「丸打屋にすりゃあ、引っ越しになにやらよからぬことを仕掛けられ、焦りを覚えたはずだ。今宵だ。さいわいおめえが夜まわりにつき合ってくれる。おめえ、忍びはできるかい」

李之助は思い切ったことを訊いた。仙蔵を信頼すればこその問いである。

「えっ」

と、仙蔵は驚きの声を上げた。

「いや、違う。盗賊みてえに忍び入って、お宝を找そうってんじゃねえ。あの夫婦、焦りを覚え、今宵なにごとか膝詰めし、新たな動きを算段するかも知れねえ。背に腹は代えられねえ。屋内に忍び入って、それを探り出そうってんだ」

「盗み聞き……ですかい」

「そうなるなあ」

李之助は返し、内容を知ると仙蔵はむしろ落ち着きを見せ、

「今宵、夜まわりのときにでやすね」

「うむ」

李之助はうなずき、

(忍びなどとつい言うてしまったが、さすが仙蔵どんだ。やったことがあるようだわい)

思えてきた。

それはさておき、二人は策を練った。

杢之助と仙蔵とでは、話は早かった。

最後に杢之助は言った。

「そうしてほんとうの裏が判りゃあ、そこから丸打屋を夜逃げに追い込まねえ策も出て来ようかい」

「おそらく」

仙蔵は返した。

二人の目的は一致しており、それは細兵衛や翔右衛門らともおなじなのだ。

陽はすでに落ち、屋内は暗くなりかけていた。

さきほどお千佳がお茶の盆を取りに来て、ついでに油皿の火種(ひだね)を持って来たばかりだった。

持仏堂

一

「うーむむ」

杢之助が、相手に聞こえるか聞こえないかほどのうめきを洩らし、

「ゴホン」

仙蔵がそのさきを促すような、かつ留めるような咳払いをした。

さきほどから二人は、すり切れ畳の上でそれをくり返している。

木戸番小屋の部屋の明るさが、しだいに油皿の灯芯の灯りのみに変わっていく。

外がまだ明るかったとき、丸打屋夫婦の三五郎とお咲の隠し事を盗み聞きする算段から、杢之助は他人の前では決して口にしてはならない、盗賊もどきの〝忍び〟を提唱したのだ。

盗賊か戦国の忍者もどきに屋内に忍び込み、壁に聞き耳を立てる。

その策に仙蔵は驚いたものの、ほぼ即座に、

「――できまさあ」

応えた。

もちろん杢之助にとってその程度の忍びはお手のものだ。仙蔵にとっても、武家屋敷はむろん商家や職人の家屋へ盗賊さながらに忍び込み、中の人間のやりとりを盗み聞くのは、できない相談ではない。それを杢之助が仙蔵に提唱したのは、

(こやつならできるはず)

と、以前から看て取っていたからだ。

果たして仙蔵は〝できまさあ〟とほぼ即答した。

おもて向き杢之助は元飛脚の足達者な木戸番人で、仙蔵は手先の器用な一本立ちのながれ大工だ。

向後もいろんな騒ぎに遭遇し、解決へ合力するにしても、互いに秘めた技の出自は、踏み込んで訊いてはならないものと自覚している。

それをこたび、つい杢之助は〝できるか〟と問い、仙蔵は〝できる〟と応えたのだ。

いま二人の胸中に去来しているのは、

（やはり）

の思いだった。

同時にそれを、

（いずれで身につけ、どこでどう生かして来たか）

相手の来し方への関心の高まりだ。

さきほどから杢之助も仙蔵も、

（訊きたいが、訊けばこの者、返答に困ろうか）

思い悩んでいるのだ。

明るかった外はすでに提灯が必要となり、屋内も灯芯一本の淡い灯りのみとなっている。

どの町でも木戸番人が拍子木を打ちながら火の用心にまわるのは、宵の五ツ（およそ午後八時）と夜四ツ（およそ午後十時）である。

空気が乾燥した冬場で風のある日や、昼間騒ぎがあって町が落ち着かなかったときなど、木戸番人によっては日の入りで周囲が暗くなりかけたころ、念のためにと拍子木を打ちながら町内を一巡することもある。

もちろん杢之助はその口である。さっきも、泉岳寺が日の入りに打つ鐘を聞きな

がら、

「すこし早いが、まわっておくか」

視線を外に向けている。

きょうなど朝から町は落ち着かず、早めにまわる条件を備えている。

仙蔵もその気になって視線を外に投げ、

「まだいくらか明るうござんすぜ。もうすこし待ちやしょうかい」

「そうだな」

杢之助は上げかけた腰を元に戻した。

二人の目的は、火の用心だけではない。丸打屋の屋内に忍び入り、三五郎とお咲が引っ越しなどと言い出したほんとうの理由を探り出すことにある。

算段はすでにできている。宵の五ツの夜まわりにそれは実行される。それを日の入り後すぐに早めようというのだ。そのためには、日の入り後でもかなり暗くなっていなければならない。

そう思っているうちに、夜の帳(とばり)はすっかり降りた。

「行きやすかい」

と、こんどは仙蔵のほうから言い、さきに腰を上げた。

手順はすでに決めている。

だが二人には、気になることがあった。

忍び入った者は、宵の五ツ（およそ午後八時）から夜四ツ（およそ午後十時）まで屋内にとどまり、三五郎とお咲の動きを慥と見とどける。奉公人はすべて暇を出しているのが、忍び入る者にはありがたい。

どの商家でも職人の家でも武家でも、日の入りに一日の仕事を終える。秘密の仕事があれば、それからということになる。

（宵の五ツに忍び入って、次の夜まわりまで聞き耳を立てていても、丸打屋の隠し事を探り出せるか）

その懸念が、策を練っているときから二人の脳裡にあった。

策では、宵の五ツに杢之助の拍子木とともに仙蔵が庭から屋内に忍び込み、夜四ツにまた杢之助が近くで拍子木を打つ。それを合図に仙蔵は杢之助の提灯の灯りを目標に灌木群の庭から枝道に出て、

『火のーよーじん、さっしゃりましょーっ』

一緒に木戸番小屋に戻り、そこで仙蔵が屋内で見聞きしたことを、

「――なんとかまとめ、そこから丸打屋のすべてを洗い出す」

というものだった。

それを早め、日の入り時分に二人が動こうとしたのは、感じていた懸念を解消しようという、暗黙の了解によるものだった。

杢之助は視線を腰高障子の外に向け、

「よし」

うなずいた。

あたりはもう暗くなっているのだ。

杢之助は腰を上げ、まず向かいの日向亭（ひゅうがてい）の雨戸を叩いた。

手代が、

「早いですね」

と、待っていたように出てきた。留守居（るすい）兼緊急時の連絡役だ。廊下の奥に翔（しょう）右衛門（えもん）の姿が見えた。翔右衛門も、気分は木戸番人である。

――チョーン
「火のーよーじん、さっしゃりましょーっ」

拍子木につづき、杢之助の皺枯（しわが）れ声が坂の表通りにながれる。

住人はまだ起きていよう。

いつもより早めの夜まわりでも、住人は奇異には感じない。

（ほう。ここんとこ町は落ち着かんようだから、木戸番さん気にしなすって、いつもより多めにまわってくれているか）

と、感心し、感謝もしようか。

実際そうだった。

だが、いつもと異なる。

軽快に動きやすい職人姿の仙蔵が一緒だ。もちろんこの時刻、重い道具箱など担いでいない。提灯を手にしているのは杢之助だけだから、離れた所からではいつもどおり杢之助一人に見える。

普段なら表通りを坂上の泉岳寺門前まで歩を進め、そこから枝道に入り徐々に下へ向かうのだが、二人は通りの中ほどで枝道に入った。丸打屋への近道だ。

家々のならびを過ぎ、樹間に灌木群の脇に出た。丸打屋の玄関口がそこにある。屋内に灯りのあるのが、外からも確認できる。この時分では宵の五ツ（およそ午後八時）と異なり、ほとんどの家にまだ灯りがあり、家人は起きている。

――チョーン

杢之助の拍子木が響いた。

夜まわりの時間を繰り上げたのは正解だった。

拍子木の音を、三五郎とお咲は起きて聞いていた。

「おまえさん。木戸番さんも気にしなさって、こんな時分に夜まわりなど……」

「かえって都合がいい。庭までは入って来んだろ。あそこは外からじゃ見えねえ」

お咲が言ったのへ、三五郎は返した。

二人とも緊張した声だ。いままさに行動を起こそうとしていたのだ。

「太平は寝ているだろうなあ」

「はい。さっき見ました。起きる気配はありません」

「よし」

三五郎はまた返した。

おもての玄関戸の前では、

「それじゃ木戸番さん、行ってきまさあ」

仙蔵が灌木群の庭に目を凝らし、忍びの一歩を踏んだ。軽快な職人姿に加え、足には甲懸を履いている。地面や木の感触が直接足に伝わる地下足袋の一種で、足首まで覆いがあって紐できつく結ぶようになっている。

その甲懸で灌木群に踏み込めば、樹々の音は最小限に抑えられる。

昼間から玄関周辺の地形は存分に確かめていたので、灯りがなくても迷うことはなかった。かすかに月明かりのあるのが幸いだった。

樹々のあいだにすぐ見えなくなった仙蔵の背を目で找し、

（仙蔵どん、大したもんだぜ。もとは本物の忍びかい）

杢之助はなかば真剣に思った。

杢之助の足はその場を離れ、裏手のほうへまわり、

——チョーン

三五郎とお咲からは、拍子木の響きはかなり遠ざかった。二人は顔を見合わせ、うなずきを交わした。

次に二人がその響きを耳にするのは、一刻（およそ二時間）ばかり過ぎた宵の五ツ（およそ午後八時）時分になろうか。仙蔵にとっては、引き揚げの合図だ。

二

灌木群の庭に忍び足を踏む仙蔵は、身に寸鉄も帯びていない。三五郎やお咲が相

手とはいえ、それはそれで度胸のいることだった。

縁側の雨戸をこじ開けるよりも、正面の玄関口から入ることにした。そのほうが入ってからどこに身を隠すか判断しやすいと思ったのだ。

近づいた。

(ん?)

玄関口まであと三間(およそ五米)ばかりとなったとき、仙蔵は足をとめた。

玄関口のすき間から灯りが洩れたのだ。しかも動いている。

玄関の戸が音を立て、灯りが広がった。

人影が二つ、一人はお咲で火の入った提灯を手にしている。

ならばもう一人は、目を凝らさずとも三五郎だ。それがなんと鍬を二挺も抱えている。お咲も提灯のほかに何か持っている。鎌のようだ。

(いってえ、これから何を)

仙蔵は身をかがめた。

提灯の灯りは、三間も離れては届かない。灯りを持っていない仙蔵は、三五郎たちからは見えない。気配さえ消せば、二人とも近くに人がひとり潜んでいることなどまったく気づかないだろう。

そこはまったくの灌木群ではなく、人の踏み固めた、往還から玄関口までの通路になっている。もし二人が敷地の外に出ようとしているのなら、仙蔵に近づくというより鉢合わせになる。

（それにしても、あの鍬や鎌は⁉）

身をさらに屈め息を殺したが、すぐホッとした。

三五郎とお咲は、逆方向の庭の奥に向かったのだ。

そこにも踏み固めた通路があり、その先に大きな栗の木が二本あるのを仙蔵は知っている。太平がそれを筆屋のお稲たち遊び仲間に自慢し、

「——秋にはみんなを連れて来て、一緒に栗拾いをしているそうな。喰える実のなる木たぁ、そのためにも重宝なものさ」

杢之助も以前、仙蔵に話して目を細めたことがある。

場所は念のため、確認している。家屋からそう遠くはない。樹々だけでなく土地に起伏もあって、外からはまったく見えない。

（こんな夜中に季節外れの栗拾いでもあるめえ。それにあの道具立ては……？）

思いながら仙蔵は屈めていた身を起こした。

断片的だが、聞こえてくる。

三五郎の声だ。念を押すような口調だった。

「太平、ほんとに起きて来ねえだろうな」

「たぶん」

話している内容から、太平に関し事前に夫婦間でやりとりのあったことが推察できる。

二人の声はつづいた。

「たぶん……じゃ、心もとねえが、ともかく太平の目に触れさせちゃなんねえからなあ」

「あい」

お咲は返し、提灯を三五郎の足元にかざし、庭の奥に向かい歩を進めた。

(よしっ)

仙蔵は内心声を上げた。忍び込みの時間を早め、丸打屋夫婦が行動を起こしたところに出合わせたのだ。まだ委細(いさい)は判らないが、外で拍子木を打つ杢之助に知らせたい衝動に駆られる。太平への気遣(きづか)いからも、それが裏の動きであることは明らかなのだ。

——チョーン

二人の耳に、また聞こえた。かなり遠くになっている。

踏み固めた通路は曲がり、樹々のあいだに提灯の灯りが見え隠れする。これ以上離れては、灯りは見えるものの二人の会話が聞こえなくなる。

（いかん）

仙蔵も身を起こした。

夜に灌木群を踏み固めただけの道は、仙蔵にはむしろさいわいだった。

そこを歩けば、足音を立てない杢之助でも、樹々の枝を踏みしだく音を立てるだろう。まして夜の動きには素人の三五郎とお咲だ。

「あっ、また枝が」

「提灯の火、気をつけろ」

まるで故意に音を立てているように、三五郎とお咲は歩を進めている。

その音に合わせ、仙蔵も歩を踏む。履いているのは甲懸だ。忍び足に進めば、木の枝を折ったりしない。立つ音はきわめて低い。前方の二人に合わせれば、まったく気づかれないだろう。

仙蔵は二人との距離を縮めた。

遠のいた二人のやりとりが、ふたたび全容まで聞き取れるようになった。

「もう奉公人も職人さんたちも来ないのだから、あしたは昼間から」

お咲の声だ。

「昼間は誰が訪ねてくるか分からん。今宵できる限り進め、あしたの昼間の仕事をできるだけ短くしておくのだ。イテッ」

灌木の枝が三五郎の顔を打ったようだ。その音も聞こえた。

みょうだ。

甲懸の歩に気を遣いながら、

（奉公人や職人に暇を出したのは、引っ越しのためじゃなかったのか）

思えてくる。

鍬や鎌を用意している目的は分かった。

（地面を掘るため……）

ならば、

（なんのために）

それが分からない。

さらに間合いを縮めた。

聞こえる。

お咲の声だ。

「おまえさんの話じゃ、もう三十年もまえだから、骸骨になってかたちもくずれているでしょうねえ」

「おそらくな。ともかく人の骨をあそこに残しておいちゃならねえ」

「え、ええ」

骸骨……。生身の二人はさすがに緊張した口調になった。

あとは無言で灌木群に音を立て、

「あぁっ、また」

「イテッ」

枝がよく頬や首筋を打つようだ。

二人が足を止め、提灯を近くの木の枝にかけ、草や灌木を刈り、鍬を振るい始めたのは、二本の栗の木のあいだだった。

(ならば二本の栗の木は、骸骨とやらの目印ということかい)

思えてくる。

あとは黙々と掘っている。

なるほど提灯を木の枝にかけていても、外からは見えない箇所だ。

三五郎は着物の裾を尻端折に、お咲は裾を脛までたくし上げ、言葉を交わすのも少なく掘っている。

近くでいくら息を殺していても、もう全容に近づける新たな材料は得られないだろう。ただ推測できるのは、

(お咲さんはさっき〝三十年まえ〟と言っていたから、浜風の書付けにある百年めえの騒動とは関係ねえのか)

ひと息つき、

(えっ、三十年めえ⁉ 日向亭の翔右衛門旦那が言ってらした、街道で人の命が失われた騒ぎと重なるぜ)

思いは至ったが、そのさきに進める材料がない。穴掘り仕事が提灯の灯りに亭主と女房だけでは、さほどはかどらないだろう。お咲が言ったように、仕事はあしたに持ちこそうか。

(三五郎さんもお咲さんも、疲れてきなすったな)

仙蔵は看て取った。

二人の動きは鈍くなり、言葉のやりとりもさらになくなった。

遠くに拍子木の音が聞こえた。

（よしっ、今宵は大収穫だった。あとは木戸番さんと、できれば日向亭の翔右衛門旦那にも加わってもらい、推測できるところまで……）

思いを定め、音を立てぬようそっと身を動かした。翔右衛門が木戸番小屋で〝三十年まえ〟の街道での流血騒ぎを話したとき、仙蔵も同席していたのだ。

家屋の前を過ぎた。三五郎が心配していた太平が、起きて両親がいないのに気づき、泣きながら找(さが)している気配はなかった。

敷地の外に出た。

拍子木の音がことさら大きく聞こえ、杢之助も人の気配を感じたか、

「仙蔵どん？」

と、仙蔵のほうへ提灯をかざした。

仙蔵は歩み寄り、

「早(はよ)う番小屋へ」

「ほっ、収穫があったようだな」

「図星で」

急(せ)かし、杢之助もそれに合わせ、下り坂に下駄の歯をきしませた。

木戸番小屋では二人のただならぬようすに、

「それじゃ私はこれで」

留守居に入っていた日向亭の手代が匆々に退散し、仙蔵が、

「まだ全容をつかむには至りやせんでしたが、丸打屋の玄関口に忍び足で近寄りやすと……」

事のはじまりから話し出したところへ、閉められていた腰高障子を翔右衛門が外から勢いよく開けた。

手代が杢之助と仙蔵のようすが緊迫していたことを告げ、さっそく翔右衛門が反応したのだろう。気の利く手代である。

「これは旦那。ちょうどようござんした。さあ」

と、仙蔵は木戸番小屋を自分の部屋のように、すり切れ畳を手で示した。

翔右衛門が端座ではなくあぐらを組むのを待っていたように、

「夜というに玄関の戸が中から開けられ……」

仙蔵はあらためて話しはじめた。夫婦の会話に太平が出てきたことも、洩らさず話す。そこに杢之助も翔右衛門も緊張を覚えた。

太平に親の動きを見せない。同時にそれは、ふた親の所行が世間には極秘である

ことを示している。

油皿に灯芯一本の灯りのなかに、杢之助と翔右衛門は仙蔵の顔を喰い入るように見つめ、話に聞き入っている。

話が〝三十年まえ〟に入ると、

「うーむ」

翔右衛門は大きくうなずきを入れた。

杢之助も、それが翔右衛門の語っていた騒ぎに重なることに気づいた。

翔右衛門は言った。

「驚きです。私も総代の門竹庵さんも、まったく勘違いしていました。丸打屋さんが元禄小判を掘り当て、猫ババなど……と」

恥じ入るように言う。すでに千両という額も、丸打屋に申しわけなく口にできなかったのだろう。

「それなら」

と、翔右衛門はつづけた。

「丸打屋さんが係り合っているのは、私が話しました三十年まえの騒ぎということになりますねえ」

「あっしも闇の中で三五郎さんとお咲さんの話を聞きながら、それを思いやした。で、旦那はどのようにお見立てでござんしょうか」

と、仙蔵は視線を翔右衛門に釘づけた。

李之助の視線もそれにつづいた。

翔右衛門は言った。

「あの騒ぎについては、すでに話しましたとおり、殺しの咎人が挙げられたというわけでもなく、なにも分からない、あと味の悪いものでした。そんな騒ぎに丸打屋さんが係り合うて死体を埋めたなど、にわかには信じられません」

それは翔右衛門の嘘いつわりのない心境であろう。

李之助は言った。

「もし丸打屋の三五郎さんが絡んでいたとしても、まだ幼えガキのころですぜ。なにがあったか知りやせんが、直接係り合うてはいなさらんでしょう。その係り合いによって現在の門前町によからぬことが起こらねえ限り、詮索などしねえほうがいいかもしれやせんぜ」

「ふむ」

翔右衛門はうなずいたが、仙蔵は言う。

「憶測でも構いやせん。曖昧はいけやせんぜ」

「うむ」

ここにも翔右衛門はうなずきを入れた。やはり〝骸骨〟の真相を知りたいのだ。

李之助がまた言った。

「三五郎さんもお咲さんも、その骸骨との経緯を墓の下まで持って行こうとしなすっているのかも知れやせん。詮索である程度真相に近づいたとしても、それはあっしらだけで、おもてにはしねえほうが門前町のためにも、三五郎さんのためにもなるんじゃねえかと思いやすぜ」

これには仙蔵も不承ぶしょうながら肯是のうなずきを見せた。李之助も仙蔵も翔右衛門も、おもてにはしないまでも真相に一歩でも近づきたいのだ。このことはあしたの朝早く、総代の門竹庵細兵衛にも伝えられるだろう。

きょう最後の夜まわりにまわったとき、李之助と仙蔵は丸打屋の庭に入り込み、栗の木の近くにまで足を忍ばせた。

夫婦はまだ、穴掘りをつづけていた。

三

翔右衛門の語った、三十年まえである。

丸打屋の敷地は広いが、もとより灌木群でまだ整地されていない。小ぢんまりとした家屋に桶職人の夫婦と四歳になるせがれが住んでいた。すでにかたち造られていた泉岳寺の門前町も、整っているのは急な坂道の本通りだけで、枝道に一歩入れば、まだ樹間に灌木群の斜面だった。

そこに丸打屋が広い土地を確保したのは、何十年かさきを見据え、一帯に知られる桶屋の一家を構えようと思ったからだ。先々代のときだ。

そのころ日向亭はすでに街道から泉岳寺への目印になり、三十年まえは先代がまだ健在で、翔右衛門は町の娘たちのうわさによく上る二十歳（はたち）の若旦那だった。名もそのころは翔太郎（しょうたろう）だった。

その翔太郎の翔右衛門が思い出す三十年まえの騒ぎは、すでにきのう杢之助と仙蔵に語ったとおりで、新たに思い出したものはなかった。ただ、咎人は一人も挙がらず、殺し合った当人たちは何者で幾人いたのかも知られないまま、

「うやむやに時だけが過ぎ、思い起こせばあと味の悪い騒ぎでした」

と、そこもきのうとおなじで、あと味の悪さを強調し、

「まさか丸打屋さん、そこに係り合っていたのでは!?　先代さんは私もよう知っておりますが、まじめな職人気質のお人で、巻き込まれたなら、それこそお気の毒なことですよ」

と、嘆息した。

その姿が、杢之助に三十年まえを推測させる大きなきっかけになった。

「ふむ」

と、仙蔵にもそれは想像へのきっかけを与えたようだ。

どのようなかたちにしろ、騒ぎがうやむやに終わるのは、お上の巨大な力が働いたか、当事者たちの思惑がそうさせたかのどちらかであろう。現在の杢之助や町役たちにとって、それはとうてい探り得ないものである。仙蔵とていかに〝捕物好きの旗本〟に訊いても、うやむやに終わって三十年を経た騒ぎなど、詳しく調べようがないだろう。

想像できるのは、

（三十年まえ、丸打屋が思わぬかたちで騒ぎに巻き込まれ、うやむやに幕を閉じる

一翼を担った）

それを証拠づけるのが、

（いまも掘り起こしているであろう、栗の木の下の骸骨）

杢之助と仙蔵の脳裡に走った。

もしそうだとすれば、その一部始終を丸打屋夫婦は太平にも伏せ、決しておもてには出さないだろう。

三十年まえの丸打屋はそのとき、焦（あせ）った。

必死だった。

夕刻近く、街道で殺しをともなう喧嘩（けんか）出入りがあったとのうわさは、その日まだ明るいうちに門前町一円を走った。

「物騒なのは、街道だけでたくさんだ」

「そうですよ。ご門前の町場は穏（おだ）やかであって欲しいですよ」

泉岳寺門前町の住人らは口々に語った。

丸打屋でも、

「近くらしいから、あした夜が明けてからでも見に行ってみようか」

亭主が日向亭の若旦那とおなじようなことを言い、

「よしなさいよ。喧嘩のあとなど見てなんになりますか。町場には係り合いのないことなんですから」

女房がたしなめていた。

夜も更け、うわさは明るかった時分にくらべ、いくらか詳しくなっていた。やくざ者や与太者の喧嘩三昧ではなく、公金を運んでいた少人数の武士団を盗賊集団が襲い、返り討ちに遭ったというのだった。

百年まえのうわさを聞いている者は、

「あの話を小さくしたような」

「数が少なかったんじゃ、千両を持って門前町に逃げ込んだ者がいるなんておまけもつくまいよ」

「もしそうなら、お大名家が現場で世の溢れ者を成敗してくれたことになるから、ありがたいじゃないですか」

多くの住人が、木戸番人の一回目の夜まわりのころ、坂の表通りに出て語り合っていた。

武士団を襲った盗賊どもが、相手方の数を見誤って返り討ちに遭ったか、秘かに盗み取る算段が狂い、斬り結ぶ事態へと展開してしまってさんざんな目に遭ったかのいずれかであることは、間違いなさそうだ。

その一方、

「いや、実際には取逃がしたのが幾人かいて、お武家じゃそれを隠しているのかも知れませんよ」

「係り合ったりすりゃあ、どんな腐れ縁ができるかも知れねえ。くわばら、くわばら」

言う者もいた。

〝あと味が悪かった〟と言う日向亭翔右衛門などは、この懸念する派に与していたのだろう。

その日、木戸番人が二度目の夜まわりに出たころ、心配げに外に出ていた住人たちもともかく安堵し、それぞれの家に戻っていた。

丸打屋も表通りにまでは出なかったものの、懸念する派に属し心配で眠れなかった。二度目の拍子木の音がいつもどおりに聞こえ、なにごともなかったように遠ざかるとようやく安堵し、さっきから寝入っている四歳の息子を中心に、家族三人は川の字になった。だが行灯の火は消さず、そのままにした。消せばそれこそ真っ暗になり、不安が募(つの)るのだ。

夜まわりの拍子木の響きが去り、しばらく経てからだった。玄関の戸をひかえめに叩く音が聞こえた。

居間の布団(ふとん)に川の字になっていても、亭主も女房もまだ寝入っていない。

亭主が起き上がり、

「こんな夜更けに、いってえ誰なんだ」

思いながら玄関の板場に出た。もし叩き方が激しく切羽詰まっていたなら警戒して、中から誰何(すいか)しただろう。だが叩き方が女かと思えるほどひかえめで小さく、居間でかろうじて聞こえるほどだった。

開けた。

その瞬間だった。

「ひーっ」

亭主はあとずさった。

喉元(のどもと)に突きつけられた刃(やいば)の切っ先が、亭主の動きに合わせ離れない。相手はかなり手練(てだ)れのようだ。かといって武士ではなさそうだ。男はそのまま亭主の動きに合わせ、屋内に入って来た。

女房も玄関の異常に気づいた。行灯の火を消さずにおいたのが、さいわいだったかその逆だったか。女房はすぐに手燭に火を移すことができ、それを手に居間から出て来て、

「お、おまえさん」

思わず手燭を落としそうになった。

「ううう」

明るくなったその場に、亭主は迫ってくる相手に目をやった。全身が血にまみれ髷も崩れている。しかも手負いらしい一人を背負っていた。いずれかで複数の相手と斬り結んだことが容易に察せられる。

亭主はようやく解した。

(こやつら、夕刻近く街道で武士団を襲い、返り討ちに遭った盗賊ども!)

生き残った者がいたようだ。

亭主に刀を突きつけている男は、奥から手燭を持った女が出てきたのを見て言った。

「この者、手負いだ。すぐ手当しろ。男物の着物を二人分用意するのだ。抗えば亭主をまっさきに殺す」

女房は手燭を手にしたまま背後の壁に背を押しつけ、恐怖のあまり声を失った。そこへ居間で寝ていたはずのせがれが出て来た。なにやら恐ろしいことに遭遇していることを解したか、

「おっ母ア」

母親にしがみついた。

亭主に刀を突きつけた男は言った。

「この家はいってえなんなんだ。うるせえガキだな」

男は街道の現場から手負いの仲間を背に樹間に逃げ込み、暗くなり武士団の追捕が手薄になるのを待った。

木戸番人の打つ拍子木の音が遠くに聞こえる。どうやら助かったようだ。だが、仲間一人が息たえ絶えになっている。

男は手負いの仲間を背に拍子木の音を避け、樹間をさまよっているうちに、灯りのある小ぢんまりとした建物を見つけた。町屋からすこし離れた、樹間の灌木群に建つ一軒家だ。

おあつらえ向きだ。男は二度目の拍子木の響きが遠ざかるのを待ち、巧みな手法で玄関の戸を叩いた。家人は引っかかり、戸を開けた。

その場に子供が出て来たのへ男は言う。

「ますますおあつらえ向きだぜ。おい女、早くしろ。もたもたしていると、亭主ばかりか、そのガキも殺すぞ」

亭主の喉元に当てた刀の切っ先を、瞬時女房と子供のほうへ向けた。実際に殺しかねない勢いがあった。だが、刀の切っ先と女房子供のあいだには距離がある。亭主が桶職人であれば、刃物の扱いは慣れている。刀の切っ先の恐怖を逃れた瞬間である。亭主は逃さなかった。

「きぇーっ」

刀の脇をすり抜けるのと男の胸のあたりに肩をぶつけるのが同時だった。捨て身の体当たりだ。

「うわっ」

男は手負いの仲間を背にしたままのけぞった。

刹那、男のふところから小判が数枚、こぼれ落ちて板敷に音を立てた。それが武士団を襲って得た小判か、最初から持っていた金子かは分からない。

亭主はそれよりも、仰向けに崩れ込んだ男から素早く刀を奪い、

「野郎！」

いましがたまで自分の喉元に当てられていた切っ先を、男の心ノ臓に突き立てた。即死だった。手負いの仲間はうめき声を上げるばかりで、それ以上の力はすでになくなっている。

亭主は我に返った。

叫んだ。

「子供にぃ、この場を見せるな！」

「あ、あいっ」

女房は察し、四歳のせがれの腕をつかみ、

「さあ、三五郎！　来るのですっ」

子の名を三五郎と呼び、奥の居間へ強く引いた。

玄関の板敷から亭主は叫んだ。

「この場は俺に任せろ。三五郎を部屋から出すな」

「はいっ」

母親はさらに強く三五郎の腕を引いた。

居間に入ると母親は三五郎を座らせ、

「おまえはなにも見ていません、なにも。寝ぼけていたのです」

言い聞かせた。

恐怖のあまり、三五郎に言葉はなかった。ただ怯え、小便をちびっていた。

現在の丸打屋の亭主三五郎が、四歳だった時の出来事だ。

亭主と女房、すなわち三五郎の父親と母親である。

玄関のほうから聞こえていた物音が、やがて聞こえなくなった。

四歳の三五郎は母親に抱きすくめられ、落ち着きを取り戻していた。

恐いもの見たさの心境か、静かになった玄関のようすを、三五郎は見ようとした。

母親もその気になっていたか、三五郎を抱きすくめていた腕の力を抜いた。

賊の隙をみて瞬時に捨身の行動を起こした父親の血を引いているのか、三五郎も四歳のときからすでに動きは迅速だった。母親の腕の力が緩んだのを感じるなりその腕を振りほどき、玄関のほうへ走った。

「待ちなさい、三五郎」

「わっ」

廊下で三五郎はなにかにつまずき、転んだ。

灯りのない屋内は、一寸先も見えない暗闇だ。

またもや母親は素早く行灯の油皿から手燭に火を入れ、廊下に音を立て三五郎の背を追った。

追いついた。

三五郎はさきほどの板敷に崩れ込んでいる。

そこへ手燭の灯りが加わった。

母親の心配した光景はすでになかった。

父親もいない。死体を二体、すでに外へ運び出していたのだ。父親が手負いの賊をどう始末したのか、それとも不意の激しい動きについて行けず、心ノ臓をみずからとめたか……。

瞬時、思った。

（――亭主に訊けば分かる）

だが、

（――訊くべきではない）

女房は判断した。

ともかく痕跡（こんせき）を探ろうと、手燭の灯りを頼りに板敷に注意をそそいだ。

血の流れた跡はすぐに分かった。

四歳の三五郎にはそれが見分けられず、起き上がり歩を踏み出そうとする。

「だめ！　なにもありません。おまえは寝ぼけていて、ほんとはなぁんも見ていない。さあ、居間へ」

　ふたたび強い力で引いた。

四

（なんとか、うまくやってくれている）

　三五郎の母親は腕の力をゆるめず、おもてに人の動く気配を感じながら思った。

（あら、この子ったら）

　下のあたりが濡れている。三五郎は恐怖に包まれたまま、母親にしがみついている。着替えさせた。

　亭主が戻って来た。

「とりあえず、死体二人分、外に出しておいた。三五郎は？」

　顔をのぞき込んだ。

　寝入っている。

　夫婦は話し合った。

なにがどうであれ、

「係り合いになっちゃいけねえ」

亭主が言ったのへ、女房はうなずいた。

死体の一人が所持していた金子は小判が三枚に小銭がいくらかあった。盗賊団が武士団を襲って得た金額にすれば、少なすぎる。どさくさに紛れていずれかへ消えても、

「これだけわずかなら、問題にされないだろう」

二人は判断し、

「ともかく、事件とは無関係に」

それをこの事態を処理する大前提とした。

ようやく東の空が明るみかけた。

二人は待っていたように外へ飛び出した。

死体が二体、灌木群のなかに横たえられている。

敷地内だが母屋から離れた所に運んだ。

途中に亭主は言った。

「おい、三五郎は大丈夫か。こんなとこ、絶対見せちゃならねえ。見せると、大きくなってからも忘れられねえ、恐ろしい思い出となっちまう」

「大丈夫ですよう。濡れた寝間着も着替えさせましたから、たぶん心地よく寝ているはずです」

「たぶんじゃ困る。ここはいいから、見てこい」

「は、はい」

女房は死体を支えている手を離し、母屋に取って返した。

三五郎は目を覚まし、両脇にふた親のいないことに、いまにも泣きだしそうな顔になっていた。

「なんでもない、なんでもない。昨夜は恐い夢を見たね。おまえ、うなされていたから」

母親は言い、ふたたび三五郎を抱きしめた。

いつまでもそうしていられない。

そっと離し、部屋を出た。

玄関の板敷の血の跡を拭き取っていたのはさいわいだった。

三五郎は小便をちびったことも忘れ、

「お父は？」

起き上がって首を玄関からのぞかせたが、二つの死体はもうそこにはない。

母親はまた居間に三五郎を引き戻した。


日の出まえに穴を掘り、死体を埋めた。

武士団の追捕を逃れた盗賊二人が、丸打屋に押入った痕跡は消えた。武士団も一人残らず討ち果たし、被害はなかったと公表している。丸打屋にとって、これほど好都合なことはない。

だが、埋めたのが家屋から離れているとはいえ、気味のいいものではない。

夫婦は相談し、せめてもの供養にと、二体を埋めた近くに栗の木を二本植えた。

なぜ二本か、夫婦にしか分からないことである。

数年を経て栗は実を結び、三五郎が町内の遊び仲間を引き連れ、嬉々として栗拾いに興じている姿に、親は安堵の息をついた。あの日の出来事が、三五郎の脳裡には残っていないようだ。

それからも丸打屋は桶づくりに確かな仕事をし、販路も拡げ、やがて成人した三五郎が跡を継ぎ、田町の商家から嫁も迎えた。お咲である。子も生まれた。太平だ。

門竹庵細兵衛や日向亭翔右衛門たちから、

「先代はもういなさらぬが、そろそろその遺志を継いで、あの庭を生かしてはどうだろう。泉岳寺門前町の発展にも寄与することになりますが。資金が問題なら、ご用立てもしましょうほどに」

と、声がかかり始めたのは、太平の生まれる前後のことだった。

三五郎はすでに三十路(みそじ)を数年超えている。先代からの貯(たくわ)えもあり、ある程度なら賄(まかな)える。

太平は五歳になっていた。秋の収穫時には遊び仲間を連れて来て栗拾いに興じている。門竹庵のお静(しず)や筆屋のお稲など、女の子もいる。その姿にお咲は、

「あの子、年上の女の子にもてるのね」

などと目を細めていた。

細兵衛と翔右衛門からあらためて勧められ、

――桶づくりも商いも拡張
三五郎はその気になり、

「太平のためですね」

と、お咲もその気になった。

樹間に広い灌木群のままの庭をどう整備し、どんな建物を普請するか。車町の大工の棟梁仁吾郎に相談した。丸打屋にもよく来るながれ大工の仙蔵も仁吾郎一家に出入りしており、評判は聞いている。

仁吾郎はお抱えの大工を数人引き連れ、丸打屋の広い庭をみずからの足でくまなく踏み、

「整地から手をつけるたあ、やり応えのある仕事になりそうだわい」

と、喜び、そのときは、

「仙蔵どんも一家に来てもらおうかい」

などと言っていた。

一月ほどを経て、普請の基礎となる整地の図面ができた。

それがすなわち、数日まえの話である。

三五郎はその図面を見ながら、仁吾郎の説明を聞いた。

お咲も一緒だった。

仰天した。

「ま、待ってくだせえ！　この地ならし、大掛かり過ぎまさあ」

「そう、そうですよ」

お咲も慌てて言った。

二人の予期せぬ反応に、

「えっ。いってえ、どうしなすった」

と、仁吾郎のほうが驚いた。

「ともかく、ともかくでさあ。しばらく、考えさせてくだせえ。この図面どおりにすぐ地ならしに取り掛かるのは待ってくだせえ」

「そうですよ、仁吾郎さん。お願いします。普請はまださきのこととして」

お咲も口をそろえた。

理由（わけ）は言わない。

棟梁の仁吾郎はさらに首をかしげ、

「どこが問題なのか、あとでゆっくり聞きやしょうかい」

と、その日は深く質（ただ）さず引き揚げた。

その日のうちに仙蔵が棟梁に呼ばれた。

「おめえ、門前町の丸打屋に軽い修繕などで出入りがあるようだが」

と、地ならしの図面を丸打屋に見せたときの不可解な反応を話し、

「なにか心当たりはねえか。精を込めて描いた図面を見るなり理由は言わず〝待ってくだせえ〟じゃ、こっちも気分が悪いからなあ」

仙蔵もその場で図面を見せられたが、どこが不満なのか分からない。三五郎もお咲も理由を言わないとあっては、かえって二人に不審を覚える。

「へえ。ご用聞きによく出入りしやすので、それとなく気をつけておきやしょう」

仙蔵は返した。

仙蔵が頻繁に丸打屋のようすを探るようになったのには、棟梁からの依頼も重なってのことだった。丸打屋の言う〝待ってくだせえ〟の理由を探れば、不意に引っ越しなどを言い出したのかも解明できると直感したのだ。

もちろん杢之助にも話した。

杢之助は言った。

「いよいよなにが飛び出して来るか分からなくなったぜ」

そしてきょう、杢之助と仙蔵は頭を捻っていた。

「それにしても不可解でさあ。幽霊の話なんざ、札ノ辻が元禄小判の千両に目がくらみ、土地を安く買いたたくためにながした茶番でやしょう。それを丸打屋さんが

逆手に取り、引っ越しの理由などにしなすっている」

「うーむ」

仙蔵の言葉に杢之助は考え込み、すぐにつないだ。

「丸打屋さんはいまなにかの理由があって、混乱しなすっている。先々代から広い土地を確保していたのだから、ほんとうは引っ越しなど幽霊の茶番にして、この土地にずっと住みつづけてえのかも知れねえぜ」

「あっ、それ。考えてもみやせんでした。思えば幽霊なんざ誰が聞いても茶番でさあ。あとで笑い飛ばし、ほんとうは門前町で仕事を拡大してえ。それが本心かも知れやせんぜ。それにしても……なんで」

「うーむ」

杢之助はまた低く、うなり声を洩らした。

全容が見えないのだ。

五

数日、三五郎とお咲は、

「どうする」

「早くなんとかせねば」

太平の目から隠れ、悩み抜いた。

「おまえさん！」

「ふむ。骨を掘り起こし、下の盛り土をするほうに埋め代える。それしかねえ。まさか他所へ持って行き、埋めたり海に流したり……人目につく。危ねえ」

「あい」

決まった。

棟梁の示した図面では、栗の木のある一帯の地面を切取り、それをすぐ下に盛り上げ、平地を造成することになっていた。斜面の勾配からみれば、骨の埋まっている箇所まで切り取りそうだったのだ。

それの最初の動きが、きのうの夜だった。

仙蔵が丸打屋の広い庭に忍び込み、家屋の玄関に聞き耳を立て、栗の木の近くを掘る二人を見いだした。そのとき、三五郎とお咲の会話は少なく、詳しい背景を知ることはできなかった。

その翌日、すなわちきょう、夕刻近くから仙蔵は杢之助の木戸番小屋に詰めた。

昼間は二本松の嘉助ら三人衆が来て、

「どうもおかしい。丸打屋は奉公人も通いの職人もおらず、閑散としていやすが、まだ引っ越しにかかろうともしていねえ」

「あっしらに手伝いの声もかからねえ」

と、話していた。

それはすでに二本松の丑蔵にも浜風の猪輔にも伝わっている。

丑蔵も猪輔も、

「どうなっているんだ」

と、首をかしげている。

引っ越しをしないのでは、手伝いにも用心棒にも、手の出しようがない。

木戸番小屋では、

「今宵もそろそろ」

と、杢之助と仙蔵が腰を上げた。

きのうとおなじ時刻だ。留守居の日向亭の手代も、さっき来たばかりだ。

昨夜と異なるところがある。

「儂も一緒に忍ばせてもらうぜ」

杢之助が言い、足元もいつもの下駄ではなかった。白足袋は木戸番人の規則だからきのうと変わりはないが、そこにわらじをきつく結びつけていた。仙蔵はきのうとおなじ甲懸である。

日の入りからしばらく経て、あたりが暗くなりかけた時分である。

拍子木の音が響く。

住人は、

（ほっ。木戸番さん、きょうもこの時分から夜まわりか。ありがたいことだ）

思ったことであろう。

「それじゃ」

と、仙蔵は案内するように丸打屋の庭に入った。

「よし」

杢之助は提灯の火を吹き消し、それにつづいた。

きのう仙蔵の報告を聞いたとき、

「――あしたは儂も忍び、直接丸打屋の感触をつかみてえ」

言ったのだった。仙蔵は一緒に忍びの真似もしようかという杢之助に、もう驚か

なかった。すでに、

（それができなさる人）

と、見なしているのだ。

家屋の玄関近くまで歩を進めた。

「おっ、きのうとおなじですぜ」

「ならば、きょうも栗の木か」

仙蔵が低声（こごえ）を吐いたのへ杢之助はつづけた。互いに耳元でしか聞き取れないほどの声だ。

二人が玄関に近づいたとき、戸が開き提灯の灯りとともに三五郎とお咲が出て来たのだ。鎌と鍬を持っている。昨夜〝人の骨〟という言葉が三五郎の口から出たのを仙蔵は聞いている。もちろんそれは杢之助にも話してある。つまり、行き先も目的も分かっている。栗の木の所へ、骸骨を掘り起こしに……である。

杢之助と仙蔵はかすかに身をかがめ、暗闇から三五郎とお咲を凝視した。

玄関の敷居を外にまたいだところで三五郎は足をとめ、お咲に声をかけた。聞こえる。

「太平は大丈夫だろうな」

三五郎はふり返り、屋内をのぞき込む仕草をとった。

「はい、すっかり寝入っていますから」

「太平には絶対に見せられねえ。俺はあのとき四歳だったが、太平は五歳、あのときの俺より一つ上だ。寝ぼけていただの夢を見ていただの、そんなごまかしは利かねえ。大きくなるにつれ、逆に鮮明に、あのときの恐怖がよみがえってくるのよ。小便をちびったこともなあ」

「あい」

お咲は返した。もう幾度も聞かされているようだ。

あの日の恐怖は、脳裡から消えていなかった。逆だった。あのときふた親が選んだ処置はなんだったのか。よみがえる恐怖感に押され、三五郎はおとなになってから自分なりに調べた。全容をほぼ掌握した。

（なんてことを！）

暗澹（あんたん）たる思いになった。

不意に降りかかった火の粉で、

（仕方がなかったのだ）

幾度も自分自身に言い聞かせた。

だが、あのときの始末を三十年後のいま、ふたたび自分がお咲の手を借り、始末しなければならない事態となった。

だからでもある。

「——この始末を俺たちふた親がつけたことを、微塵たりとも太平の記憶に残しちゃならねえ」

それをお咲も了承した。

親心だ。

「ともかく仕事は、きょうあすで終えなきゃならねえ」

「あい」

お咲は返し、提灯を手にしたままそっと玄関の戸を閉めた。

灯りに浮かぶ二人のうしろ影は、すぐに灌木群のなかに見えなくなった。

仙蔵も踏み出そうとした。

「待ちねえ」

杢之助は引きとめた。

「えっ」

動きをとめた仙蔵に杢之助は言った。

「直接当たってみてえ」

「えぇっ!?　木戸番さん」

怪訝(けげん)そうになった仙蔵に、杢之助は言った。

「儂とて、まだながれの全容が分かったわけじゃねえ。だがよ、おめえの話から車町の棟梁が描きなすった図面が、そもそもの発端(ほったん)になっていることは確かだ。つまり、二本の栗の木のあたりは、掘り返してもらいたくねえ」

「そのとおりで。人の骨が埋まってやすから」

「そこよ、丸打屋が世間に隠し通してえのは。さっきの夫婦のやりとりから、三十年めえの街道での流血騒ぎに関わりがあると思えらあ」

「そういやあ、さように思えてきまさあ。したが、そんな推測だけで直接当たるたあ、丸打屋をかえって意固地(いこじ)にさせやせんかい」

「させるかも知れねえ。だがよ、誰の骨か知らねえままぶつかりゃあ、相手は逆に安心するかも知れねえぞ」

「なるほど、伸(の)るか反(そ)るかの危なっかしさはありやすが、木戸番さんのことだ。なにか算段がおありなんでやしょう。お任(まか)せしまさあ」

「ありがてえぜ」

「ただし、と言っちゃなんですが、その場面、あっしも陰から見とどけとうございまさあ。よござんすかい」

「いいともよ。おめえのことだ。近くに潜んでも、丸打屋の夫婦に感づかれるようなことはすまいよ」

「へえ、まあ」

もう、ただの木戸番などではなく、ただのながれ大工でもないことを互いに認め合ってのやりとりだ。そこまで踏み込まねば、

(この事態は収められねえ)

二人は自覚するに至っているのだ。

六

杢之助は用心深く、灌木に音を立てぬよう歩を進め、すこし離れて仙蔵も歩を取った。

現場に近づいた。

火の入った提灯を、栗の木の枝に引っかけている。

影が動き、音も聞こえる。

鍬で固い土を砕き、鎌でまわりの灌木の枝を伐採している。

声も聞こえる。三五郎だ。

「出てきた。出てきやがったぜ」

「えっ、おまえさん。二人そろって？」

「そうさ。まるっきり骸骨だ」

「今夜中に下の盛り土のほうへ運ばなきゃならねえ」

「あいっ」

二人は瞬時動きをとめ、額の汗をぬぐった。

杢之助は動いた。

不意に声をかけて驚かせるのではなく、足音などで気配を相手に気づかせる。さすがである。相手のほうがさきに気づいたとなれば、恐怖感も警戒心もそれだけ薄らぐ。

「だ、誰でえ」

と、それでも三五郎は驚き、鍬を構えた。無理もない、三十年まえの死体を掘り起こし、埋め替えようというのだ。

んねえ」

「ああ、驚かせてすまねえ。提灯の火を消してしまってよ。ちょいとつけさせてく

お咲も鎌を手に身構える。

「だれっ！」

が、警戒まで緩めたわけではない。二人とも荒い息遣いをしている。

に安心感を与える処方である。三五郎もお咲も、鍬や鎌を持つ手の力を抜いた。だ

李之助はゆっくりと自分の顔に近づけた。闇の中で敵意のないことを示し、相手

「驚かせてしまったようだなあ」

〝泉岳寺門前町〟と町名が墨書された木戸番小屋の提灯にも火が入り、

お咲も李之助の動きを目で追った。

「木戸番さん！　なんで!?」

李之助は火の消えた提灯を手に、栗の木の提灯の灯りのなかに入った。

言ってることもやってることもわけが分からねえ。急な引っ越しも幽霊怖いじゃ、

ようなことを言ったかと思やあ、急にこの地所を売っていずれかへ引っ越すなどと、

「ちかごろ、おめえさんら夫婦の動きが腑に落ちねえ。桶づくりも商いも拡張する

李之助はつづけた。

見え透いちゃいやせんかい」

「ううう」

「そ、それは！」

三五郎とお咲は返す言葉もなく、うめくばかりである。

「儂(わし)ゃあこの町の木戸番人として、どうも落ち着かねえ。そこでちょいとお節介を焼かせてもらったのよ」

「ご一緒につるんでいなさるのは、二本松の若いお三人さんですか、それとも大工の仙蔵さんですか」

お咲は言う。やはり周囲から目を付けられていることに気づいていたようだ。

杢之助は言った。

「ああ、あの連中も嗅ぎまわっていたようだが、木戸番人の儂と一つにはなっちゃいねえ。儂はあくまでこの町の木戸番人としてな。おめえさんらが不意に変わったのは、車町の棟梁がこの地所の土地普請の図面を描きなすってからだ。それが気になりやしたのさ」

「うううっ」

三五郎がまたうめき声を洩らした。図星をつかれているのだ。

杢之助はきわめて穏やかな口調をつくり、話をつづけた。

すこし離れたところで、

(さすが木戸番さん)

仙蔵が耳に全神経を集中し、感心していた。

「それできょう昼間よ、悪いとは思いながら、この広い庭に入らせてもらって、あちこち歩いて棟梁はどんな図面を描きなすったのか想像させてもらった。そんならよ、この栗の木の所さ、掘ったばかりで土がむき出しになっている。なんだろうと思い、手でちょいといじらせてもらった。驚いたぜ。骨じゃねえか。犬や猫の骨とは言わせねえ。明らかに人の骨だ。むかし埋めたのを、他人に掘り返されるめえに他所へ移そうと……」

三五郎とお咲は、身じろぎもせず杢之助の話に聞き入っている。まったくそのとおりなのだ。

「それできょうの時刻だ、きのうみてえに早めの夜まわりのふりをしてこの近くまで来て拍子木を打ち、そのあとまた庭に忍び入っておめえさんらの玄関口に潜ませてもらい、申しわけねえがおめえさんらの話、聞かせてもらったぜ」

「ううっ」

三五郎がまたうなった。

「おめえさんら、太平坊をことさら気になすっておいでだった。そこから思いやしたのさ。そこの人の骨、三十年めえの街道でのものじゃねえかとな。それがここに眠っている。みょうな話さ」

「うぐっ」

「おっと、そこを明らかにしようってんじゃねえ。儂ゃあ、さっきから何度も言うように、現在(いま)の門前町の木戸番人さ。いまの町と住人が大事なんでさ。三十年めえの丸打屋さんが、なんらかのかたちで、騒ぎのとばっちりを受けなすったと思ってまさあ。それをまた当代のおめえさんらご夫婦が、始末しなきゃならねえ破目(はめ)になりなすった」

「ううっ」

三五郎とお咲にとっては、まさにそのとおりなのだ。

場はいま、提灯二張(ふたはり)の明るさに照らされている。

杢之助は言う。

「儂はその遺骨がどなたなのか、お一人なのかお二人なのかも知らねえ。それをいま人知れず掘り起こし、他所へ移そうとしなすっている」

三五郎とお咲はうなずいた。

「おめえさんらは土地を捨てなさるようなことを言い、それに土地の一角を掘り返すなど、不可解なことこの上ございませんや。ホトケがどなたか知りやせんが、コトあるごとに掘り返されてたんじゃ、浮かばれませんや」

「…………」

三五郎もお咲も無言である。

杢之助はつづけた。

「そこに気づいているのは、いまは儂だけでも、灌木群に土がむき出しになった一角がありゃあ、誰もが不審に思いまさあ。あの夫婦、仁吾郎棟梁の図面を見てから、慌ててなにか細工をした……と。そうみられりゃ、けえって墓穴を掘ることになりやすぜ」

三五郎とお咲はなおも無言のままうなずいた。杢之助の話に得心している。

「そこでだ」

杢之助はさらにつづけた。

「栗の木のところに、端(はな)からいじくっちゃならねえ理由(わけ)があったことにするのでさあ」

「ここは」

三五郎が言いかけたのをお咲が手で制し、

「木戸番さん、どんなわけを。なにかお考えがおありのような……」

「ありまさあ。先祖供養の持仏堂を建立する予定だった……と。この場所は菩提寺のお坊さんを呼んで選んでもらった地で、地鎮祭もすでにやったってことにするんでさあ。引っ越しなどと言い出したのは、奉公人を一時退散させるための方便だったのでやしょう。それに、誰かが幽霊話などをでっち上げ、土地を安く買いたたこうとしたことへの反発でもあって、他所へ移るなど思ってもいねえってことに……。それで持仏堂の予定地はそのままに、もう一度車町の棟梁に練りなおしてもらう算段だって……。どうですかい、この寸法は。おめえさんらが諾としなさるんなら、儂ゃあ木戸番人として話を合わせ、門竹庵や日向亭の町役の旦那方にも話しておきまさあ」

すべてがそのとおりなのだ。夫婦は驚きとともに観念したように、しきりにうなずいている。

持仏堂とは先祖の位牌や信心する仏像を祀るお堂であり、設置すれば墓とおなじでなかなか動かし難い。菩提寺の僧侶が場所を選び、神主を呼んで地鎮祭までしたとなれば、その予定地はもう動かし難い。

物陰では仙蔵が、

(持仏堂……、そう来なすったか。さすが、さすがですぜ、木戸番さん)

内心、声を上げていた。

「ほんとうに、ほんとうにそうしていただけやすか」

「ああ、もちろんでさあ」

「よろしゅうに、よろしゅうにっ」

お咲もすがるように言う。

杢之助は二人に返した。

「骨はそのままにしておきなせえ。仁吾郎棟梁にあらためて相談してみなせえ。持仏堂ならあの棟梁、また図面を引きなおしてくださいやしょう。やがてここに持仏堂の祠(ほこら)ができりゃ、いま埋まっている骨にも、供養になりやしょう」

「そう、そうなりますように」

お咲が鎌を持ったまま、掘り起こしたばかりの骨に手を合わせた。

「そうそう」

締めくくるように杢之助は言った。

「この件は二本松もながれの仙蔵どんも気づいちゃいねえ。儂とてなかば推測で詳しいこたあ、なあんも知らねえ。住人のこれ以上込み入った事情など、木戸番人は知ろうとしねえ。そう思っておくんなせえ」

「へえ。頼りになる木戸番さんだと、なおさらそうだと信じておりやす」

三五郎は杢之助を頼るように言い、お咲もうなずいた。実際に口だけでなく、掘り返した死体を一人とも二人とも識別できておらず、さらに素性も訊こうとしないところに、三五郎とお咲は安堵を覚えていた。

杢之助はつづけた。

「さあ、早う切り上げなされ。太平坊が夜中の小便にでも目を覚ますかも知れねえ。儂はまだ火の用心にまわらなきゃなんねえから」

七

提灯をかざし、敷地の外に出た。

――チョーン

拍子木を打った。

火の用心だけではない。

杢之助にとっては、一件落着の意味があった。

背後に足音はないが気配を感じる。

「さすが、お見事でござんした」

気配は近寄り、耳元でささやいた。

仙蔵だ。

「おう。おめえさんも外に出ていたかい」

杢之助は返し、わらじの歩をゆっくりと踏みながら、

「聞いたろう。ああいうふうにまとめさせてもらった。そのように心得ていてくんねえ」

「みごとなもので、あれに勝る裁許はありやせんや。あっしもこのさき、自然なかたちで大工仕事のご用聞きに行けまさあ」

「うふふ、そうだろう。儂もそれを考えてああいう収め方に……といやあ嘘になるが、成り行き上そうなった。持仏堂の話よ、祠ぐれえのものならおめえさん一人でもできるのじゃねえのかい」

肩をならべ、拍子木と火の用心の口上のあい間に話しながら町場を一巡した。

今宵の夜まわりは仙蔵と一緒でも、足音に気を遣うことはなかった。

杢之助は普段、下駄で歩いても足元に音を立てない。飛脚の独特の足さばきに盗賊稼業の用心深さが、すっかり杢之助の身についてしまったのだ。下駄でも音のない歩き方が、杢之助にとっては自然となった。もしそこに気づく者がいて、その者が心得のある武士か修験者なら、

(あやつ、手練れ!? 公儀隠密か?)

と、勘ぐるかも知れない。

さいわい今のところ、権十や助八、お千佳たちはもとより、細兵衛も翔右衛門も町内でそこに気づいた者はいない。だからきのう、下駄で仙蔵と肩をならべ、暗く海岸の波以外に音のない町場に出たとき、

(気づかれないか)

気が気でなかったのだ。だからといって故意に音を立てたのでは不自然な歩き方になり、かえって奇妙に思われる。それが今宵は下駄ではなく、白足袋にわらじの紐をしっかりと結んでいる。木戸番小屋を出たときから、安堵の思いだったのだ。

ふたたび拍子木の音が、丸打屋の家屋でも明確に聞こえるところに戻ってきた。

「どうでやしょう。ちょいとのぞいてみますかい」

「いや、いいだろう。いまごろ二人は寝入っている太平のかたわらで、持仏堂の算段でもしているだろう。あしたかあさってに、大工仕事のご用聞きにでも行ってみねえ」

「うまく仕事がもらえればいいのでやすが」

「まあ、そうだが。それにしてもいまは文月（七月）の秋口で良かったぜ」

「なにが？」

仙蔵は怪訝そうに返し、杢之助は目を細めて返した。

「栗の木はもうイガイガの実をつけているが、まだ青い。これが秋最中の収穫期であってみねえ。太平が遊び仲間を連れて来て、骨を掘り返すどころの余裕などなかったはずだ。夜中に掘り起こし、それの一本でも子たちが見つけだしてみねえ。それこそ大騒ぎになるところだぜ」

「あっ、栗拾いまでもうすこし。ほんにきわどいところでやしたねえ」

話しながら歩を進めているうちに、木戸番小屋の前に出た。

ほぼ一回目の夜まわりの時刻になっていた。

「きょうはゆっくりでしたねえ」

と、留守居の手代は腰を上げた。

「早めにまわった収穫がありましてな」

「それはようございました。翔右衛門にそう伝えておきます」

「旦那はまだ起きておいでかい」

「はい。木戸番さんと大工さんが戻りなさるのを、待つと言っていましたから」

「おおぉ、それはそれは」

仙蔵が返した。町役の翔右衛門が自分の存在を気にとめていてくれたのが、素直（すなお）に嬉しかったようだ。

手代の足音が遠ざかり、

「日向亭の旦那、来なさろうか」

「おそらく」

話しながら、すり切れ畳の上で、二人は手代が閉めたばかりの腰高障子に、外から人影が立つのを待った。

すぐだった。

腰高障子が外から開けられ、

「お二人そろって〝収穫があった〟とはいかような」

手代は杢之助の言葉を、あるじにきちりと伝えていた。

昨夜とおなじく、夜の木戸番小屋に翔右衛門、杢之助、仙蔵が鼎座(ていざ)になった。

話す内容は、きのうとは違った。

杢之助は言った。

「探(さぐ)りなどじゃなく、直(じか)に会って話してめえりやした」

いきなり話す杢之助に翔右衛門は、

「直に？　で、いかように」

関心を倍加(ばいか)させた。

杢之助は淡々と語った。

「丸打屋さんにゃ、あの広い庭地の一角に持仏堂を置く計画がありやして」

「えっ、持仏堂？　丸打屋三五郎さん、そんなに信心深いお人でしたか」

初めて聞く話に、翔右衛門は目を丸くした。

杢之助は語る。

「車町の棟梁が引きなすった図面の一部が、その持仏堂の予定地に引っかかっていたそうで。仙蔵さんもお咲さんも狼狽(ろうばい)しなすって。それで新普請は中止するだのと騒ぎになりやしたそうでさあ」

「棟梁に相談し、図面を引きなおせばすむものを」

「そうなんでさあ。仁吾郎棟梁は話の分かるお人ですからねえ」

翔右衛門の言葉に仙蔵が応じ、

「それで木戸番さんが三五郎さんとお咲さんを説得しなすって、丸打屋さんはあらためて棟梁に線引きを頼もうということになりやして……」

「ほう。それじゃ丸打屋さん、これからもこの町に……。私からも棟梁に話しておきましょう。ずいぶん気を揉まされましたが、あしたの朝早く、門竹庵さんにも手代を遣るんじゃなく私が直接行って話しましょう。きっと細兵衛さんも喜ばれるはずです」

話は終わった。

帰りしな、翔右衛門は腰高障子をうしろ手で閉めながら、

「ほんに、門前町はいい木戸番さんに恵まれましたわい」

つぶやいた。

翔右衛門の帰ったあと仙蔵も、

「いやあ、きょうはほんとうにいいものを見させてもらいやした。さすがは木戸番さん、年の功でやしょうかねえ。あっしなど、とても及びませんや」

言いながら腰を上げた。このあとは門竹庵細兵衛と日向亭翔右衛門が、うまく町

内をまとめるだろう。

二度目の夜まわりも一緒にまわっていたのでは、帰りには町々の木戸が閉まってしまう。仙蔵なら町場の木戸など難なく乗り越えるだろうが、杢之助にそこまでは見せられないのだろう。

「町の木戸が開いているうちに」

と、重い道具箱を担ぎ、

「また来させてもらいまさあ」

腰高障子を外から閉めた。

夜四ツ（およそ午後十時）が近づいた。泉岳寺の鐘がまだでも、木戸番人なら感覚でその時刻は分かる。きょう、最後の夜まわりの時間だ。油皿の火を提灯に移し、拍子木の紐を首にかけ、三和土に足を下ろした。

「おっと、もういいんだ」

わらじを履きかけた足を引き、あらためて下駄に載せた。

いつものとおり拍子木を打ち、火の用心の口上をながしながら町内を一巡した。

丸打屋の近くでは、

（聞いていなさるかい）

拍子木を打つとともに胸中に念じ、

（太平は起き出さなかったかい）

思い、ひときわ声に力を入れた。

「火のーよーじん」

木戸番小屋の前まで帰って来た。街道に出て門前町の坂道に向かい、ふかぶかと辞儀をし、

（儂のような元盗賊を住まわせてもらい、町のお人らにはただただ感謝）

いつものように念じ、今宵最後のひと打ちをした。

木戸を閉めてすり切れ畳にあぐらを組む。

（仙蔵どん、こたびはいつもよりきわどい働きをしてくれたが、儂も見せちゃならねえところまで見せちまったかも知れねえ。危ねえ、危ねえ。じゃが、相方が仙蔵どんなら、仕方なしか）

間もなく栗の収穫の時節、まったくきわどいこの数日だった。

杢之助の脳裡には、二本の栗の木のあいだに祠のような持仏堂が建ち、

『あ、痛い！』

『わらじじゃ踏めない。下駄で』

いつも木戸番小屋に諸国話を聞きに来る子たちが、栗拾いに興じている姿が浮かんだ。

光文社文庫

文庫書下ろし／傑作時代小説

幽霊のお宝　新・木戸番影始末(五)

著者　喜安幸夫

2023年2月20日　初版1刷発行

発行者　三宅貴久
印刷　KPSプロダクツ
製本　榎本製本

発行所　株式会社 光文社
〒112-8011　東京都文京区音羽1-16-6
電話 (03)5395-8149　編集部
8116　書籍販売部
8125　業務部

ISBN978-4-334-79498-9　Printed in Japan

組版　萩原印刷